Tristeza

Jack Kerouac

Tristeza

Traducción de Antonio-Prometeo Moya

EDITORIAL ANAGRAMA
BARCELONA

Título de la edición original:
Tristessa
Avon Books
Nueva York, 1960

Ilustración: © Eva Mutter

Primera edición: enero 2023

Diseño de la colección: Julio Vivas y Estudio A

© De la traducción, Antonio-Prometeo Moya, 2023

© Jack Kerouac, 1960

© EDITORIAL ANAGRAMA, S. A., 2023
  Pau Claris, 172
  08037 Barcelona

ISBN: 978-84-339-1400-2
Depósito legal: B. 21455-2022

Printed in Spain

Liberdúplex, S. L. U., ctra. BV 2249, km 7,4 - Polígono Torrentfondo
08791 Sant Llorenç d'Hortons

Primera parte
Trémula y pura

Voy con Tristeza en el taxi, borracho, con una botella grande de bourbon Juárez en la bolsa de pagos del ferrocarril que me habían acusado de coger de un tren en 1952, y heme aquí en Ciudad de México, un lluvioso sábado por la noche, misterios, vetustas travesías de ensueño y sin nombre que aparecen y desaparecen, la callejuela por la que había paseado entre multitudes de sombríos indios vagabundos envueltos en mantas tan trágicas que daban ganas de llorar y uno creía ver navajas brillando entre los pliegues; sueños lúgubres tan trágicos como uno de los viejos trenes nocturnos en los que mi padre sienta los gruesos muslos en el vagón de fumadores, fuera hay un guardafrenos con farol rojo y farol blanco andando pesadamente por los tristes, vastos, neblinosos raíles de la vida;

pero ahora estoy arriba, en la meseta hortelana de México, la luna de Citlapol unas noches antes había ido dando traspiés por la soñolienta azotea hacia el viejo y goteante retrete de piedra. Tristeza está colocada, hermosa como nunca, camino de casa alegremente para meterse en la cama y gozar de su morfina.

La noche anterior me encontraba en tranquila confusión en la lluvia sentado con ella sombríamente ante mostradores de medianoche comiendo pan tomando sopa y bebiendo Mosto Delaware y yo había salido de aquella entrevista imaginándome a Tristeza en la cama entre mis brazos, la extrañeza de su tierna mejilla, muchacha india, azteca, con misteriosos ojos de Billy Holliday, toda párpados, y hablaba con voz muy melancólica, como Luise Rainer la caritristona actriz vienesa que hacía llorar a toda Ucrania en 1910.

Graciosas curvas de pera ciñen su piel a sus pómulos y párpados largos y tristes, y una resignación de Virgen María, y una amelocotonada piel de café, y ojos de asombro misterioso, y una inexpresividad casi de la profundidad de la tierra medio desdeñosa y medio quejumbrosa lamentación dolorida.

—Estoy harta —nos dice siempre a mí y a Bull en la casa.

Y yo estoy en Ciudad de México, despeinado

y loco, viajando en un taxi que pasa por delante del Cine México, entre el tráfico y la lluvia, le doy a la botella, Tristeza prueba largas parrafadas para explicarme que la noche anterior cuando la metí en el taxi el conductor quiso beneficiársela y ella le estampó un puñetazo, información que el taxista de ahora recibe sin comentarios. Vamos a casa de Tristeza a colocarnos. Ya me ha avisado de que la casa estará hecha un asco porque su hermana está borracha y enferma y El Indio estará allí erguido majestuosamente con la jeringuilla de morfina colgando en el brazo grueso y moreno, con los chispeantes ojos mirándonos fijamente o esperando que el pinchazo le proporcione el fuego deseado y murmurando «Mmmza... aguja azteca en mi carne de fuego» observando todo lo que hay como el gatazo de Culiao[1] que me presentó el 0 la vez que vine a México para tener otras visiones. Mi botella de whisky tiene un blando tapón mexicano que temo que se caiga y anegue la bolsa en bourbon de 86 grados.

Por las dementes calles semejantes a las de Hong Kong el taxi avanza despacio por la lluviosa noche del sábado en las cercanías del mercado, salimos a las calles de las putas y nos apeamos detrás de los

1. No queda clara la referencia, otros traductores interpretan «Culiao» como «Culiacán». *(N. del T.)*

11

puestos afrutados, casetas de tortas alubias y tacos con bancos de madera adosados. Es la parte pobre de la colonia Roma.

La carrera en el taxi son 3,33, doy al taxista diez pesos diciéndole que me devuelva *seis,* me los devuelve sin hacer comentarios y me pregunto si Tristeza no pensará que soy un manirroto, como el Americano Borracho en México. Pero no hay tiempo para pensar, apretamos el paso por las resbaladizas aceras que reflejan los rótulos de neón y las velas de los vendedores callejeros que ofrecen nueces en una toalla, y doblamos por el apestoso callejón de la colmena de una sola planta donde vive. Pasamos entre grifos que gotean, cubos, niños, patos y ropa tendida y llegamos a su puerta de hierro, con vano de adobes, que está abierta y accedemos a la cocina el agua de la lluvia se cuela entre las tablas y ramas que hacen de techo y cae efervescente en la paja de los avechuchos, en el húmedo rincón. Donde, milagrosamente, veo ahora a la minina rosada que echa una meada en los montones de hierbas y comida para los avechuchos. El dormitorio de dentro está como revuelto por un loco y totalmente alfombrado por trozos de periódico y la gallina da picotazos al arroz y los restos de bocadillo que hay esparcidos. En la cama yace la «hermana» enferma de Tristeza, envuelta en una colcha rosa; es tan trágico como la noche de lluvia en que Eddy fue tiroteado en la Calle Rusia.

Tristeza está sentada en el borde de la cama poniéndose las medias de nailon, se las sube con torpeza desde el zapato con expresión melancólica y delatando sus esfuerzos en el frunce de los labios, veo que dobla los pies hacia dentro de manera convulsiva cuando se mira los zapatos.

Es tan hermosa que me pregunto lo que dirían mis amigos de Nueva York y San Francisco, y qué ocurriría en Nola [Nueva Orleans] si la vieran cruzar Canal Street bajo el tórrido sol, y lleva gafas negras y se mueve con parsimonia y no para de ajustarse el quimono por encima del fino abrigo como si el quimono estuviera hecho para ponérselo encima, tirando de la tela convulsivamente, bromeando en la calle diciendo: «Ahí está el taxi, ahí está el sexi de Maxi, te devuelvo el denaro.» Denaro es dinero. Hace que dinero suene como en boca de mi vieja tía francocanadiense de Lawrence. «No quiero tu denaro, lo que quiero es lamur.» Lamur es el amor. «Es lamor.» Lamor es la ley. Lo mismo pasa con Tristeza, está colocadísima todo el tiempo, y enferma, se chuta diez gramos de morfina al mes, va dando traspiés por las calles de la ciudad, pero es tan guapa que la gente se vuelve a mirarla. Tiene los ojos radiantes y resplandecientes, las mejillas húmedas de rocío, su pelo indio es negro, impersonal y le cuelga por detrás en dos coletas elegantes, dos coletas enroscadas detrás (el peinado que deben llevar las indias en la catedral). Mantiene limpios los zapatos que parecen nuevos, no muy estrechos, pero como las medias se le caen, no deja de subírselas y tuerce los pies convulsivamente. En Nueva York sería una muchacha bonita, con una falda ancha y estampada según la última moda de Dior, pecho liso, jersey de casimir rosa, con ojos y labios que hacen juego y redondean el resto. Pero aquí es una india empobrecida con ropas deprimentes. Ves señoras indias en la inescrutable oscuridad de los portales, que no parecen mujeres sino agujeros en la pared, sus ropas, y vuelves a mirar y ves a la *mujer* gallarda, noble, la madre, la fémina, la Virgen María de México. Tristeza tiene un icono de gran tamaño en un rincón del dormitorio.

De cara a la habitación, de espaldas a la pared de la cocina, en el rincón de la derecha según se mira hacia la deplorable cocina, con el goteo que cae inefablemente del techo de ramas y bombarditablas (techo del refugio bombardeado). El icono representa a María Santísima, que nos mira con su manteletería azul, sus indumentos y arreglos de Damema, y ante la que El Indio reza con devoción cuando sale a comprar droga. El Indio es vendedor de curiosidades, dicen. Yo no lo he visto nunca en San Juan de Letrán vendiendo crucifijos, nunca he visto al Indio en la calle, ni en Santa María la Redonda, ni en ninguna parte. La Virgen tiene una vela, unos cuantos quemadores baratos de cristal y cera que duran semanas, como ruedas tibetanas de plegarias, la inagotable ayuda de nuestro Amida.[1] Sonrío al ver este icono tan encantador.

Alrededor hay fotos de difuntos. Cuando Tristeza quiere decir «muertos», junta las manos en actitud devota, dando a entender que participa de la creencia azteca en la santidad de la muerte, del mismo modo que en la santidad de la esencia. Por eso tiene una foto del difunto Dave, mi querido colega de años atrás, muerto ya a causa de la hipertensión a los 55 años. Su cara vagamente grecoíndia destaca en la pálida e indefinible foto. No lo distingo con toda esa nieve. Seguro que está en el cielo, con las manos unidas en V, en el éxtasis y la eternidad del Nirvana. Por eso Tristeza mantiene las manos juntas y reza diciendo además: «Quiero a Dave», pues había amado a su antiguo maestro. Dave, un hombre maduro enamorado de una niña. Ya era adicta a los 16 años. Él la apartó de la calle

---

1. Amida o Amitaba, uno de los cinco budas celestiales del budismo mahayana. *(N. del T.)*

y, aunque también era un adicto callejero, redobló sus esfuerzos, entró en contacto con yonquis adinerados y enseñó a vivir a la muchacha: una vez al año iban andando a Chalma, a subir de rodillas parte de la montaña, hasta el santuario de muletas amontonadas que dejaban los peregrinos que volvían curados, de miles de alfombrillas de paja extendidas en la niebla en las que dormían al aire libre, con mantas y gabardinas, y volvían llenos de piedad, con hambre y con salud, para encender más velas a la Virgen y patearse nuevamente las calles, en busca de morfina. Dios sabe dónde la conseguían.

Me quedo admirando a la majestuosa madre de los que aman.

Imposible describir el horror y la miseria de los agujeros del techo, la aureola marrón de la ciudad nocturna perdida en la verde altura vegetal, por encima de las Ruedas de los blakeanos tejados de adobe. La lluvia empaña en este momento la infinitud verde del ancho valle del norte de Actopan, chicas guapas corren por alcantarillas encharcadas, los perros ladran a los coches que pasan, la lluvia va a parar misteriosamente a la piedra de la cocina y la puerta (es de hierro) está limpia, húmeda y brillante. El perro aúlla de dolor en la cama. El perro es una perra, una madre chihuahua de 30 centímetros de longitud, de pies pequeños y delicados, dedos negros, uñas negras, tan sensible que no lo podemos tocar sin que se queje de dolor, «Yiiip». Lo único que puedes hacer es chascar los dedos y dejar que acerque el húmedo hocico (negro como el de un toro) a tus yemas. Dulce perrita. Tristeza dice que está en celo y que por eso llora. El gallo grita debajo de la cama.

El gallo ha estado escuchando todo este tiempo debajo del somier, meditando, volviéndose para mirar a todas partes en su serena oscuridad, el ruido de los dorados humanos de arriba, «co, co, co, cooo», chilla, grita, interrumpe media docena de conversaciones simultáneas que suenan como papal rasgado por encima. La gallina cloquea.

La gallina está fuera, vagando entre nuestros pies, picoteando dulcemente en el suelo. Entiende a las personas. Quiere acercarse a mí y frotarse ilimitadamente contra mi pernera, pero no la animo, en realidad no la he advertido todavía y es como el sueño del inmenso padre loco del granero salvaje de la ululante Nueva Escocia con las aguas desbordadas del mar a punto de anegar la ciudad y los pinares de los alrededores del norte infinito. Eran Tristeza, Cruz en la cama, El Indio, el gallo, la paloma en la repisa de la chimenea (sin otro sonido que los ocasionales aleteos), la gata, la gallina y la asquerosa y aullante y negruzca perrita chihuahua España.

El Indio de la jeringa está saturado, se apuñala con la aguja, pero tiene la punta roma, no le atraviesa la piel, se apuñala con más fuerza y lo consigue, pero en vez de hacer una mueca de dolor espera con éxtasis boquiabierto y se inyecta, caído, erguido.

–Tiene usted que hacerme un favor, señor Gatsukas –dice el viejo Bull Gaines interrumpiendo mis pensamientos–, venga conmigo a casa de Tristeza, me he quedado sin –pero yo estoy para reventar fuera de la vista de Ciudad de México andando bajo la lluvia salpicando en los charcos sin maldecir ni sentir interés, solo tratando de llegar a casa para acostarme, muerto.

Es el rematadamente asqueroso libro de los sueños del mundo blasfemo, lleno de trajes, insinceridades y acuerdos por escrito. Y sobornos, a los niños con sus dulces, a los niños con sus dulces, no dejo de pensar que «la morfina es para el dolor y lo demás es lo demás. Es lo que es, yo soy lo que soy, Adoración de Tathágata, Sugata, Buda, perfecto en Sabiduría y Compasión que ha alcanzado, alcanza y alcanzará todas estas palabras de misterio».

Motivo por el que llevo el whisky, para beber, hundirme en la cortina negra. Al mismo tiempo, un actor en la ciudad de la noche. Atormentado por melancolías y periodos de tregua aburrida en que bebo, reparto fórmulas de cortesía y hago ruido.

–¿Dónde voy a...? –Llevo mi silla al rincón, a los pies de la cama y me siento entre la gata y la Virgen María. La gata, la pequeña Tathágata de la noche, de color rosa dorado, tiene tres semanas, hocico rosa de chiflada, cara de chiflada, ojos verdes, fórceps abigotados de león dorado y bigotes. Paso el dedo por el pequeño cráneo, prorrumpe en ronroneos, la pequeña máquina de ronronear funciona un rato y la gata mira la habitación contenta observando lo que hacemos todos. «Tiene ideas doradas», pienso. A Tristeza le gustan los huevos, de lo contrario no permitiría un gallo en este establecimiento de mujeres. ¿Cómo podría saber cómo se hacen los huevos? A mi derecha arden las velas devotas delante de la pared de arcilla.

Es infinitamente peor que el sueño que he tenido acerca de Ciudad de México, en el que recorro deprimentes apartamentos vacíos y blancos, abatido, solo, o escalones de mármol de un hotel que me horroriza. Es la noche lluviosa de Ciudad de México y estoy en el centro del barrio del Mercado de los Ladrones y El Indio es un ladrón conocido, incluso Tristeza era carterista, pero yo no hago más que tocarme con el dorso de la mano el bulto del dinero doblado a la marinera que llevo guardado en el bolsillo de la cintura del pantalón, el de meter el reloj ferroviario. Y en el bolsillo de la camisa llevo los cheques de viaje que en cierto modo son inafanables. Esa, Ah, esa travesía donde la pandilla de mexicanos me detiene y me registra el petate, se quedan con lo que quieren y me llevan a tomar un trago. En esta tierra todo es sombrío e imprevisto, conozco todas las infinitas manifestaciones que inventa el intelecto para levantar un muro de horror delante de la percatación pura perfecta de que no hay muro ni horror, solo la Luz Láctea, Vacía, Besable y Trascendental de la auténtica y totalmente vacía naturaleza de la Imperecedera Eternidad. Sé que todo está bien, pero quiero probarlo y los Budas y las Vírgenes Marías están ahí para recordarme la solemne promesa de fe en esta severa y estúpida tierra donde batallamos por eso que llamamos nuestra vida en un mar de preocupaciones, carne para Chicagos de Tumbas; precisamente en este momento mi padre y mi hermano yacen juntos en el fango del norte y al parecer yo he de ser más listo que ellos, muriendo más aprisa. Levanto la cabeza desconcertado para mirar a los demás, se dan cuenta de que he estado sumido en mis pensamientos en la silla del rincón, pero están dando vueltas a infinitas y estrambóticas preocupaciones (todas mentales al 100 %) propias. Parlotean en español, solo entiendo retazos de conversaciones masculinas, Tristeza dice «chingado» y «chingada» en casi todas sus frases, como un marinero que maldice; lo dice con desprecio, enseñando los dientes, y hace que me pregunte con temor: «¿Conoces a las mujeres tanto como crees?» El gallo está impasible y suelta un alarido.

Saco el whisky de la bolsa y la soda Canada Dry, abro las dos botellas, me sirvo un lingotazo en una taza, le preparo otro a Cruz que acaba de levantarse de la cama para vomitar en el suelo de la cocina y quiere otro trago, ha estado todo el día en la cantina de las mujeres, cerca de la zona de las putas de la Calle Panamá y la siniestra Calle Rayón, con el perro muerto en la alcantarilla y mendigos en la acera, sin sombrero, mirándote desvalidos. Cruz es una pequeña india sin mandíbula, de ojos brillantes, calza zapatos de tacón alto, sin medias, y lleva vestidos andrajosos, menuda pandilla de salvajes, un poli en América tendría que mirarlas dos veces si las viera pasar tan desaseadas, discutiendo, tambaleándose por la acera, como fantasmas de la pobreza. Cruz se zampa el lingotazo y también lo vomita. Nadie se da cuenta. El Indio tiene la jeringuilla en una mano y un papel en la otra, discute, tensa el cuello, enrojece, arremete contra la chillona Tristeza cuyos brillantes ojos bailotean como si fueran a salírsele de las órbitas. La vieja Cruz huye gruñendo del alboroto y vuelve a enterrarse en la cama, la única cama, debajo de la manta, la cara vendada y grasienta, el perrito negro se acurruca contra ella, y la gata, y ella se lamenta de algo, del mareo de la bebida, y El Indio sigue dando la lata para que Tristeza le dé más morfina. Me echo la bebida al coleto.

En la vivienda de al lado la madre hace que su pequeña hija llore, oímos sus suplicantes grititos, tan acongojados que romperían el corazón de un padre y quizá es lo que ocurre. Pasan camiones, autobuses, bramando, rugiendo, hasta los topes de usuarios que se dirigen a Tucuyaba, al Rastro, a Circunvalación, que van a la otra punta de la ciudad, calles embarradas por las que vuelvo a casa a las dos de la madrugada, pisando charcos sin que me importe, mirando las solitarias cercas y la melancólica telaraña de la lluvia al trasluz de las farolas. El pozo y el horror de mi entereza, los tensos músculos de la *viriá*[1] que un hombre necesita para

1. Energía, perseverancia, fuerza y conceptos parecidos. Es palabra sánscrita, propia del budismo, en el que tiene distintos valores según el campo doctrinal. Un poco más abajo se menciona a Ksitigarba, es un bodhisattva que ayuda a salir del infierno a los condenados. *(N. del T.)*

apretar los dientes y adentrarse en caminos solitarios en noche de lluvia sin esperanza de conseguir una cama caliente. Mi cabeza flaquea y se cansa de pensar en ello. Tristeza dice: «¿Qué es, Jack?» Siempre pregunta: «¿Por qué estás tan triste? Muy doloroso», queriendo decir: «Estás lleno de dolor.» «Estoy triste porque toda la vida es dolorosa», se lo digo a menudo porque espero enseñarle la primera de las Cuatro Grandes Verdades. Además, ¿qué podría ser más verdadero? Sus grandes ojos violeta parpadean mientras me replica afirmativamente, «ajá», al modo indio, pues ha comprendido lo que he dicho por el tono y da a entender que es así, obligándome a sospechar del puente de su nariz, que parece malvado y maquinador, y se me ocurre que es como un Vendedor Huri Hari de los abismos infernales que Ksitigarba nunca soñó en redimir. Cuando parece un malvado Indio Joe de Huckleberry Finn, tramando mi desaparición. El Indio, de pie, observando una carne de triste ojo azul-ennegrecido, duro, anguloso y perfilado el lado de su cara, oyendo oscuramente que digo que Toda la Vida es Triste, afirma con la cabeza, está de acuerdo, no hace comentarios al respecto, ni a mí ni a nadie.

Tristeza se inclina sobre la cuchara para hervir en ella la morfina con una cerilla fabricalentadora. Parece torpe y delgada, veo sus magros corvejones por detrás, con su absurdo vestido aquimonado, cuando se arrodilla en la cama como para rezar, hierve el chute en la silla abarrotada de cenizas, horquillas, algodón, material para el pelo que parecen lápices de ojos, bromas y aromas. Si un poco de droga se le cayera añadiría a la confusión del suelo nada más que una cantidad mínima de confusión. «Corrí a buscar a aquel Tarzán», pienso recordando casa e infancia mientras se lamentan en el Dormitorio Mexicano de Sábado por la Noche, «pero los arbustos y las rocas no eran de verdad y la belleza de las cosas debe de estar en que se acaban».

Gimo por mi taza de whisky, tanto que se dan cuenta de que voy a emborracharme, así que me permiten y me ruegan que me dé un chute de morfina, cosa que acepto sin temor porque ya estoy borracho. La peor sensación del mundo, consumir morfina cuando estás borracho, el efecto forma un nudo en la frente que es como una piedra, produce mucho dolor y pelea en aquel terreno para obtener el dominio, pero no lo obtiene porque alcohol y alcaloide se anulan entre sí. No obstante, acepto y en cuanto siento su efecto alarmante y ardiente, bajo la cabeza y veo que la gallina quiere hacer buenas migas conmigo. Se acerca bamboleando el cuello, mira mi rótula, mira mis manos caídas, quiere acercarse más pero carece de autoridad. En consecuencia estiro la mano para que me picotee con el pico, para que sepa que no tengo miedo, porque confío en que no me hará daño, y no me lo hace, se limita a mirar mi mano razonable y dubitativamente, y de pronto casi con ternura, y entonces retiro la mano con sensación de victoria. Cloquea de contento, recoge algo del suelo con el pico, lo expulsa, del pico le cuelga un hilo de lino, se deshace de él, mira alrededor, pasea por la dorada cocina del Tiempo con tremendo resplandor nirvánico de sábado por la noche y todos los ríos rugen en la lluvia, se produce el estallido en mi alma cuando pienso en la infancia y veo a los gigantescos adultos en la habitación, el oleaje y crujido de sus manos cargadas de sombras cuando discursean sobre el tiempo y la responsabilidad en una Película Dorada dentro de mi mente sin sustancia, ni siquiera gelatinosa (esperanza y horror del vacío), fantasmas gigantescos gritan en la mente con la bostezante fotografía VLORK del Gallo que se incorpora y de su cuello hecho para cercas abiertas de Misuri brotan descargas polvoristas de vergüenzas matutinas que reverencian al hombre. Al alba, en impenetrables y desoladas Oceanidades de lobreguez Subsumergida, lanza su canto madrugador y optimista y sin embargo el agricultor sabe que no tiende a ser optimista. Luego cloquea, el gallo cloquea, comenta alguna bobada que podamos haber dicho y cloquea; pobre ser sensible y observador, este animal sabe que se ha acabado su tiempo en el Gallinero de la Avenida Lenox, y cloquea y ríe por lo bajo como nosotros, grita más fuerte aún que un hombre con papo y badajos de gallo. Su mujer, la gallina, lleva el gorro adaptable que le cae de un lado del bonito pico hacia el otro. «Buenos días, señora Gatsukas», le digo, observándolos con gusto, como había hecho de niño, en las granjas de New Hampshire, esperando al anochecer a que se hubiera dicho todo y se hubiera recogido la leña. Trabajaba con ahínco para mi padre en la Tierra Pura, era fuerte y auténtico, iba a la ciudad a ver a Tathágata, allanaba la tierra bajo sus pies, veía bultos por todas partes y allanaba la tierra, él pasaba por mi lado, me veía y decía: «Primero allana tu propia mente y la tierra se allanará sola, incluso el Monte Sumeru» (antiguo nombre del Everest en la antigua Magadha, es decir, la India).

Quiero hacer amistad también con el gallo, ahora estoy sentado en la otra silla, delante de la cama, porque El Indio acaba de irse con una banda de bigotudos sospechosos, uno de los cuales me ha mirado con curiosidad y con sonrisa de orgullo complacido mientras yo estaba de pie con la taza en la mano haciéndome el borracho delante de las señoras para darles ejemplo, a él y a sus amigos. Solo en la casa con las dos mujeres, me siento educadamente delante de ellas y hablamos con seriedad y entusiasmo a propósito de Dios.

–Mis amigos enfermos, yo les doy aguja –me cuenta la hermosa Tristeza de los Dolores con sus dedos largos, húmedos y expresivos ejecutando breves y tintineantes danzas indias delante de mis ojos hechizados–. Es cuando mi amigo no me paga, no importa. Porque –señala arriba con el dedo mirándome a los ojos con seriedad– me paga el Señor, y me paga más, *more, mooore* –se adelanta con rapidez para acentuar el «más» y desearía poder decirle en español la ilimitada e inestimable felicidad que obtendrá en el Nirvana.

Pero la quiero, me he enamorado de ella. Me acaricia el brazo con el delgado dedo. Eso me gusta. Me esfuerzo por recordar mi lugar y mi posición en la eternidad. He jurado renunciar a la lujuria con las mujeres, he jurado renunciar a la lujuria por la lujuria, jurado renunciar a la sexualidad y a los impulsos inhibidores. Quiero entrar en la Santa Corriente y estar a salvo en mi camino hacia la otra orilla, pero mientras me gustaría dejar un beso a Tristeza para que me escuche por lo que soy. Sabe que la admiro y la amo con toda el alma y que me contengo.

—Tienes tu vida —dice al viejo Bull (sobre este, dentro de poco)—, yo tengo la mina, la mía, y Jack tiene su vida —señalándome, me devuelve la vida y no la reclama para sí como hacen tantas mujeres a las que amamos. La amo pero quiero irme. Añade—: Lo sé, un hombre y una mujer están muertos, cuando quieren estar muertos.

Afirma con la cabeza, confirma en su interior alguna oscura convicción instintiva azteca, sabia, una mujer sabia que embellecería las masas de *bikshunis* en los mismísimos tiempos de Yasodará y sería una monja divina añadida. Con los párpados caídos y las manos juntas, una Virgen. Lloro al darme cuenta de que Tristeza nunca ha tenido un hijo y probablemente no lo tendrá nunca por culpa de su enfermedad de la morfina (una enfermedad que prosigue mientras dura la necesidad y se ceba en la necesidad y al mismo tiempo la satisface, de modo que se queja de dolor todo el día y el dolor es real, como los abscesos del hombro y la neuralgia en el lado de la cabeza y en 1952, poco antes de Navidad, pareció que iba a morir), santa Tristeza no será causa de más renacimientos e irá directamente hacia su Dios y este la recompensará multimillones de veces en eones y eones de tiempo de Karma muerto. Entiende el Karma, dice en español:

—Cosecho todo lo que siembro. Hombres y mujeres —añade— cometen errores, pecados, faltas —los seres humanos siembran su suelo de problemas y tropiezan en las piedras de su equivocada imaginación y la vida es difícil. Ella lo sabe, yo lo sé, tú lo sabes—. Pero quiero tener droga, morfina, y estar no enferma más. —Y dobla los codos con su cara de campesina, se entiende a sí misma de un modo que no alcanzo y mientras la miro la luz de la vela parpadea en sus altos pómulos, y me parece tan hermosa como Ava Gardner, mejor dicho, como una Ava Gardner Negra, Una Ava Morena de cara alargada, huesos largos y largos párpados caídos. Solo que Tristeza no tiene esa expresión de sexualidad sonriente, tiene la expresión de la india infantilmente sentimental, cariacontecida e indiferente a lo que pienses de su belleza pluscuamperfecta. No es que esa belleza sea perfecta como la de Ava, tiene defectos, pero todos los hombres y mujeres los tienen y por eso los unos perdonan a los otros y prosiguen su sacrosanto camino hacia la muerte. Tristeza ama la muerte, se acerca al icono, le pone flores y reza. Se inclina sobre un bocadillo y reza mirando el icono de soslayo, sentada en la cama a la birmana (rodillas abiertas) reza largamente a María y le pide una bendición o le da gracias por la comida, yo espero en respetuoso silencio, miro al Indio, que también es un personaje devoto, hasta el extremo de llorar por la droga con los ojos húmedos y reverentes y a veces especialmente cuando Tristeza se quita las medias para escurrirse entre las mantas de la cama pronuncia entre dientes frases subterráneas de amor reverente («ay, Tristeza, *comme t'es belle»)* (que es también lo que yo pienso, pero tengo miedo de mirar y ver a la muchacha desenfundarse las medias, por temor a ver fugazmente sus muslos café con leche y enloquecer). Pero El Indio está demasiado cargado con la venenosa solución de morfina para ser consecuente con su reverencia por Tristeza, está ocupado, a veces ocupado con una enfermedad, está casado y tiene dos hijos (en la otra punta de la ciudad), tiene que trabajar y le sonsaca la droga a Tristeza con halagos cuando él está seco (como ahora) (es el motivo de su presencia en la casa), me percato de toda la historia de la casa y de la cocina observando y abriendo paréntesis en todas direcciones.

En la cocina hay fotos pornográficas de chicas mexicanas con encaje negro, muslos gruesos y nubes reveladoras de pañería pectoral y pélvica que observo atentamente, en los lugares apropiados, pero las fotos (dos) están sucias, tienen manchas de lluvia, se han abombado y separado de la pared y hay que alisarlas para verlas bien, aun así la lluvia gotea de las hojas de las coles que hay encima y deja pastosa la cartulina. ¿Quién habría construido un techo para la *fellaha*?[1] «El Señor me paga más.»

El Indio ha vuelto y está de pie en la cabecera de la cama, donde yo estoy sentado, y me vuelvo para mirar al gallo («para domarlo»). Alargo la mano tal como hice con la gallina y dejo que comprenda que no me da miedo aunque me picotee, lo acariciaré para que deje de temerme. El Gallo mira mi mano sin comentarios, desvía la mirada, vuelve a mirarme y observa mi mano fijamente (campeón creativo y amo del corral que fantasea con el huevo diario que Tristeza chupa recién puesto por el agujerito que le hace en un extremo), mira mi mano con ternura pero majestuosamente además porque la gallina no puede hacer la misma evaluación majestuosa, él tiene corona, es chulo y sabe cantar, es el Rey de la Esgrima que se bate en duelo a picotazos con el amanecer. Cloquea a la vista de mi mano, lo que quiere decir Sí y se aleja.

1. Femenino de *fellah*. Kerouac escribe *fellaheena*. Oswald Spengler, en *La decadencia de Occidente,* llama *fellah* (plural *fellahín*) a la gente apegada a la tierra que sobrevive a las catástrofes de las civilizaciones. Kerouac había leído a Spengler y utiliza la palabra en varias de sus novelas. *(N. del T.)*

Miro con orgullo a mi alrededor para ver si Tristeza y El Indio han oído mi disparatado *estupiante*. Parlotean frenéticamente para señalarme con ávidos labios que «hemos hablado de los diez grammos que vamos a comprar mamañana, eso» y me siento orgulloso de lo que he conseguido con el Gallo, ahora me conocen todos los bichejos de la habitación, me quieren y yo los quiero aunque no los conozca. A todos menos a la Cantora de la azotea, la que está encima del armario de la ropa, en el rincón más alejado del borde, junto a la pared que queda debajo del techo, íntima y zureante Paloma instalada en el nido, observando siempre toda la escena sin hacer nunca comentarios. Levanto la cabeza, el Señor bate las alas y zurea hundiéndose blanca y miro a Tristeza para saber por qué tiene una paloma y Tristeza me enseña las tiernas manos con desvalimiento y me mira con afecto y tristeza para indicarme:

—Es mi Pichona, mi bonita Pichona blanca, ¿qué quieres que haga? La quiero mucho, es muy dulce y blanca, nunca hace ruido, tiene unos ojos tan puros que cuando la miras ves la pureza de sus ojos —y miro a los ojos a la paloma y veo que tiene ojos de paloma, con párpados, perfectos, negros, profundos, misteriosos, casi orientales y es imposible soportar la pureza que brota de sus ojos. Sin embargo, se parecen tanto a los ojos de Tristeza que desearía hacer un comentario y decirle a Tristeza:

–Tus ojos son ojos de paloma.

Ahora bien, la Paloma se yergue de vez en cuando y aletea para hacer ejercicio, en vez de surcar el aire desangelado espera en su rincón dorado del mundo, espera la perfecta pureza de la muerte, la Paloma en la fosa es una sombría cosa, el cuervo en la tumba es luz no blanca que ilumina los Mundos apuntando arriba, apuntando abajo, a todos los diez arrogantes lados de la Eternidad. Pobre Paloma, pobres ojos, su pecho de blanca nieve, su leche, su lluvia de piedad sobre mí, su mirada de ojos bondadosos clavada en los míos desde alturas rosadas, instalada en un travesaño y Arcabuz en los Cielos Abiertos del Mundo Mental, ángel rosado y dorado de mis días y no puedo tocarla, no me atrevo a subirme a una silla para atraparla en el rincón y dedicarle sospechosas sonrisas humanas para impresionarla en mi corazón manchado de sangre, su sangre.

El Indio ha traído bocadillos, la gata está muerta de hambre y El Indio se cabrea y la tira de la cama, yo alargo las manos hacia él, «*Non,* no hagas eso», él ni siquiera me oye porque Tristeza le grita, la gran Bestia Humana despotrica en la cocina por la carne y le da un bofetón a su hija, que cae de la silla y rueda por el suelo, las lágrimas de la muchacha saltan cuando se da cuenta de lo que ha hecho el otro. No me gusta que El Indio golpee a la gata. Pero no se ensaña, solo ha sido amonestador, severo, se comprende, aparta a la gata, la aparta con el pie camino de la sala, adonde va en busca de sus puros y la televisión. El Indio es el Viejo Padre Tiempo, con la prole, la esposa, los anocheceres cenando en la mesa aleja a sus retoños a manotazos y consume grandes platos de carne a media luz, suelta: «Gruup, plap», delante de los retoños que lo miran con brillantes ojos de admiración. Es sábado por la noche y está hablando con Tristeza, regañándola y dándole explicaciones, y de súbito la vieja Cruz (que no es vieja, solo tiene 40 años) se levanta gritando: «Sí, con nuestro dinero», lo dice otras dos veces sollozando y El Indio le advierte que yo podría entenderla (mientras levanto la cabeza con imperial y magnífica despreocupación teñida de curiosidad por la escena), como si yo fuera a decir: «Esta mujer llora porque le has quitado todo su dinero. ¿Esto qué es? ¿Rusia? ¿Musia? ¿Matamorapusia?, como si no me importase, aunque de todos modos no podría. Lo único que quiero es largarme. Me había olvidado completamente de la paloma y no me acordé de ella hasta pasados unos días.

La excentricidad con que Tristeza estira las piernas en el centro de la habitación para explicar algo, como un yonqui en una esquina de Harlem o de cualquier otro sitio, El Cairo, Bang Bombayo y toda la Peña Oláh Felláh desde la Punta de las Bermudas a las alas del arrecife de los albatros que se ponen horizontales en la costa del Ártico, solo el veneno que extraen de las focas y águilas de los gluglú esquimales de Groenlandia no es tan malo como esa morfina de civilización alemana con la que ella (una india) está obligada a drogarse y a morir en su tierra natal.

Mientras tanto, la gata está cómodamente instalada donde Cruz apoya la cabeza cuando está a los pies de la cama, encogida, y duerme toda la noche mientras Tristeza se encoge en la cabecera, y se cogen los pies como hermanas o como madre e hija y consiguen que una cama pequeña resulte cómoda para dos. La rosada gatita está tan segura (a pesar de todas las pulgas que le corretean por el puente de la nariz y se pasean por sus párpados) que todo está como debe estar, que todo está bien en el mundo (al menos por ahora); quiere estar cerca de la cara de Cruz, donde todo va como una seda. La gata no nota las vendas ni el pesar ni los horrores alcohólicos que sufre, solo sabe que Cruz es la señora todo el día sus piernas están en la cocina y de vez en cuando le sirve comida y además juega con ella, finge que va a pegarle, se contiene, la riñe y ella pega la carita a la cabecita de la otra, parpadea, echa atrás las orejas en espera del golpe, pero la señora solo está jugando con ella. Ahora está delante de Cruz y aunque gesticulamos como maníacos mientras hablamos y una manaza le roza ocasionalmente los bigotes, casi alcanzándola, o El Indio decide bruscamente tirar un periódico sobre la cama y este aterriza en su cabeza, nos entiende a todos con los ojos cerrados y encogida allí abajo, al estilo de los budagatos, meditando entre nuestros lunáticos empeños como la Paloma de arriba. Y me pregunto: «¿Sabe la monigata que hay una paloma encima del armario de la ropa?» Ojalá estuvieran aquí mis parientes de Lowell para que vieran cómo personas y animales viven en México.

La pobre gatita es un nido de pulgas, pero a ella le da igual, no se rasca como sus colegas americanos, sino que se aguanta. La levanto del suelo y no es más que un esqueleto delgaducho con pelotas de pelo. Todo es muy pobre en México, las personas son pobres y sin embargo viven contentas y despreocupadas, pase lo que pase. Tristeza es drogadicta, es un fideo y vive despreocupada cuando una americana estaría deprimida. Tose y se queja todo el día, y por eso mismo, a intervalos, la gata se rasca con furia aunque no le sirve de nada.

Fumo en el ínterin, el cigarrillo se consume, acerco la mano al icono para coger el vaso donde está la vela y encender otro con la llama. Oigo que Tristeza dice algo que interpreto del siguiente modo: «Uf, ese idiota utiliza nuestro altar de encendedor.» Yo no lo encuentro extraño ni infrecuente, yo solo quiero fuego, pero al advertir la observación o creyendo que es una observación aun sin saber de qué va, me detengo, me contengo y le pido fuego al Indio, que más tarde me enseña, con una rápida y devota oracioncita con un papel de periódico, a conseguir fuego indirectamente con un toque y una plegaria. Entiendo el ritual y lo llevo a la práctica unos minutos después para obtener fuego. Digo la oración en francés: *«Excuse mué ma Dame»*, subrayando lo de «Dame» por Damema, la madre de los Budas.

Me siento así menos culpable por fumar y sé de manera fulminante que todos iremos derechos al cielo desde el lugar en que estamos, semejantes a fantasmas dorados de Ángeles con Tirantes de Oro y vamos en autostop con el Deus Ex Machina hasta alturas Apocalípticas, Eucalípticas, Aristofanescas y Divinas, supongo, y me pregunto qué pensará la gata.

–Tu gata –le digo a Cruz– tiene pensamientos de oro[1] –pero no me entiende por una miríada de razones que flotan en el enjambre de sus ideas lácteas budienterradas en la tensión de su perdurable enfermedad.

–¿Qué son *pensas?* –grita a los demás, y es que no sabe que la gata tiene pensamientos de oro. Pero la gata la quiere tal como es, y por eso se queda allí, pequeñita, pegada a su barbilla, ronroneando, contenta, encogida, con los ojos cerrados en cruz, minina monigata como la monina Mimí que había perdido en Nueva York corriendo por Atlantic Avenue y atropellada por enloquecidos conductores que llegaban bruscamente de Brooklyn y Queens, autómatas al volante que mataban gatos automáticamente todos los días, cinco o seis diarios en la misma calle.

–Pero esta gata tendrá una muerte mexicana normal, de vieja o por enfermedad, y de anciana será sabia, la sensación de los callejones lindantes, y la veréis (sucia como un trapo) corretear

1. Kerouac añade entre paréntesis su peculiar versión española: «Su gata tienes pensas de or». De ahí la pregunta de Cruz. *(N. del T.)*

junto a los montones de basura, como una rata, si Cruz la echa de casa alguna vez. Pero Cruz no la echará, por eso la gata se queda junto a la puntiaguda barbilla de su dueña como indicio de sus buenas intenciones.

El Indio sale a comprar bocadillos de carne, la gata se enfada, grita, maúlla por no se sabe qué. El Indio la echa de la cama, pero Gata consigue finalmente un pedazo de carne, la devora como una pequeña Tigresa cabreada y yo pienso: «Si fuera tan grande como los tigres del zoo, me miraría con sus ojazos verdes y me comería.» Estoy viviendo el cuento de hadas del sábado por la noche, pasándolo realmente bien, gracias al alcohol, la animación del lugar y la despreocupación de la gente, disfrutando con los animales pequeños, advirtiendo que la chihuahua espera ahora dócilmente un poco de carne o de pan, con el rabo enroscado y lastimero, y si alguna vez hereda la tierra será a causa de su mansedumbre. Con las orejas hacia atrás y gimiendo, la pequeña chihuahua llora de miedo. Sin embargo, se ha pasado la noche observándonos y durmiendo. Y sus reflexiones sobre el tema del Nirvana y la muerte y los mortales que chalanean con el tiempo hasta la muerte son de alta frecuencia gemebunda, de una variedad aterradoramente tierna; y de la especie que dice: «Dejadme en paz, soy muy delicada», y la dejas en paz en su cascarón pequeño y frágil, como casco de canoa que surca el océano profundo. Ojalá pudiera comunicarme con todas estas criaturas y personas en el flujo de mis buenos momentos alcohólicos, para ver el nebuloso misterio de la leche mágica en la Profunda Imaginería de la Mente, donde aprendemos que todo es nada, en cuyo caso ya no habría que preocuparse, salvo en el instante en que pensamos para preocuparnos de nuevo. Todos temblando en las botas de nuestra mortalidad, nacidos para morir, NACIDOS PARA MORIR, podría escribirlo en la pared y en las Paredes de toda América. Paloma con alas de paz, con sus ojos alcohólicos de Zoológico de Noé; perrita con afiladas garras negras y brillantes, para morir ha nacido, tiembla con sus ojos violeta, sus débiles vasos sanguíneos debajo de las costillas; sí, las costillas de la chihuahua y también las costillas de Tristeza, costillas hermosas, ella con sus tías de Chihuahua también nacieron para morir, hermosa para ser fea, rápida en morir, alegre para estar triste, loca por ser tenida; y la muerte del Indio, nacido para morir, el hombre, por eso mueve la aguja del sábado por la noche, todas las noches son noches de sábado y enloquece de tanto esperar, qué más podría hacer. La muerte de Cruz, las lloviznas de la religión caen sobre su tumba, la boca

adusta plantó el raso del ataúd de tierra... Gimo
para recuperar toda la magia, recordando mi propia
muerte *inminente:* «Si al menos tuviera el yo mágico de la infancia, cuando recordaba lo que era
antes de nacer, no me preocuparía ahora por la
muerte sabiendo que soy el mismo sueño vacío.»
Pero qué dirá el Gallo cuando muera y le rebanen
el frágil pescuezo con un cuchillo. Y la dulce Gallina, la que come de la manaza de Tristeza un
glóbulo de cerveza, su pico triturando como boca
humana para extraer la leche de la cerveza; cuando
muera, dulce gallina, Tristeza que la ama rescatará
su hueso de la suerte, lo envolverá con hilo rojo y
lo guardará entre sus enseres, sin embargo dulce
Madre Gallina de nuestro Arco de la Noche de
Noé, ella, la dulce proveedora de oro llega tan atrás
que no encuentras el huevo que lanzó hacia fuera
a través de la primera cáscara originaria, acuchilla-
rán y cortarán su cola con una sierra y harán con
ella picadillo que pasarán por la picadora de mani-
vela ¿y aún te preguntas por qué tiembla también
de miedo al castigo? Y la muerte de la gata, pequeña rata muerta en el arroyo con la cara contorsio-
nada. Ojalá pudiera comunicar a todos sus miedos
a la muerte la Enseñanza que oí en Tiempos Antiguos, que premia todo el dolor con dulce recompensa de amor perfecto y silencioso aceptándolo
por arriba y por abajo, por dentro y por fuera, en

todas partes, el pasado, el presente y el futuro, en el Vacío desconocido donde no ocurre nada y todo, sencillamente, es lo que es. Pero ellos ya lo saben, bestia, chacal y mujer de amor, y mi Enseñanza de los Antiguos es en efecto tan antigua que la habrán oído hace mucho, antes de mi época.

Me deprimo, he de irme a casa. Todos nosotros, *nacidos para morir.*

Una brillante explicación, clara como el cristal, de todos los Mundos, la necesito para demostrar que todos estaremos bien. Medir las máquinas robóticas en esta época o en cualquier otra es más bien irrelevante. El hecho de que Cruz cocine en un humeante hornillo de queroseno grandes pucheros llenos de carne procedente de una ternera entera, tripa y sesos de vacuno y huesos de la frente de una ternera... nada de esto condenaría a Cruz al infierno porque nadie le ha dicho que ponga fin a la matanza, y aun en el caso de que se lo hubieran dicho, Cristo, Buda o San Mahoma, se libraría de todo daño; aunque vive Dios que la ternera no.

La gatita se apresura a maullar pidiendo carne; ella, pequeña masa de carne trémula; alma come alma en el vacío general.

—¡Basta de quejas! —grito a la gata, que despotrica en el suelo y finalmente salta a la cama uniéndose a nosotros. La gallina frota amable e imperceptiblemente su largo y emplumado costado contra la punta de mi zapato, apenas lo siento y miro a tiempo de reconocer qué suave es el tacto de la Madre Maya. Es la ponedora mágica sin origen, la ilimitada gallina decapitada. La gata maúlla con tanta violencia que empiezo a preocuparme por la gallina, pero no, la gata se limita a meditar ya tranquilizada sobre un olor que ha detectado en el suelo y hago a la pobre infeliz una ronroneante caricia en el esquelético pescuezo con la punta del dedo. Hora de irse, ya he acariciado a la gata, me he despedido de Dios la Paloma y quiero abandonar la abyecta cocina en medio de un atroz sueño dorado. Todo sucede en el interior de una vasta mente, nosotros en la cocina, no creo una sola palabra de ese asunto, ni una sustancial pizca de carne sin átomos, veo directamente a través de ello, directamente a través de nuestras formas carnosas (la gallina y lo demás) en el brillo amatista de la futura blancura de la realidad. Estoy preocupado pero no contento.

—Fu —digo, y el gallo me mira.

—¿Qué querrá decir con eso de «fu»?

—Coco al coco rico —dice el Gallo, queja auténtica del domingo por la mañana (que lo es, pues son las dos de la madrugada) y veo las esquinas marrones de la casa de los sueños y recuerdo la oscura cocina de mi madre, hace mucho, las calles frías en la otra parte del mismo sueño como esta fría cocina del presente con sus pucheros y horrores de la india Ciudad de México. Cruz trata débilmente de decirme buenas noches mientras me preparo para irme, la he acariciado varias veces con la mano en el hombro pensando que eso es lo que quería en los momentos oportunos y le aseguré que la amaba y estaba a su lado, «aunque yo no tenía lado propio», me miento. Me he preguntado qué pensará Tristeza de estas caricias mías; durante un momento casi he creído que era su madre, un momento salvaje en que especulé lo siguiente: «Tristeza y El Indio son hermanos, esta otra es la Madre, y la están volviendo loca parloteando toda la noche sobre venenos y morfina.» Y entonces lo entiendo todo: «Cruz es otra drogadicta, consume tres gramos al mes, al mismo tiempo será antena de sus problemas con el sueño, los tres pasarán el resto de su vida enfermos, quejándose y gruñendo. Adicción y aflicción. Como las enfermedades de los locos, la demencia encefalitiza el cerebro por dentro cuando echas a perder la salud adrede, para tener una sensación de débil alegría química que no tiene otra base que la mente pensante. Gnosis, seguramente me transformarán el día que intenten imponerme la morfina. Y a ti.»

Aunque el chute me ha proporcionado cierto beneficio y no he tocado la botella desde entonces, me ha sobrevenido una especie de lánguido contento con un no sé qué de fuerza salvaje; la morfina ha tranquilizado mis preocupaciones, pero preferiría no sentir esto por la debilidad que acarrea a mis costillas; tendré que darles de hostias.

–Ya no quiero más morfina –prometo y suspiro por huir de toda la cháchara morfinera que, después de escuchas esporádicas, ha acabado por hastiarme.

Me levanto con intención de irme. El Indio se vendrá conmigo, me acompañará hasta la esquina, aunque al principio discute con los otros como si quisiera quedarse o deseara algo más. Salimos aprisa, Tristeza cierra la puerta a nuestras espaldas, ni siquiera la miro de cerca, solo le dirijo una mirada cuando cierra, para darle a entender que la veré luego. El Indio y yo avanzamos con paso vivo por pasajes resbaladizos a causa de la lluvia, doblamos a la derecha, llegamos por un atajo a la calle del mercado, ya he comentado su sombrero negro y ahora estoy aquí, en la calle, con el famoso Bastardo Negro. Ya me he reído y he dicho: «Eres como Dave» (el exmarido de Tristeza), «incluso te pones el sombrero negro», pues había visto a Dave en una ocasión, en Redonda, en el tumulto y confusión de un animado viernes por la noche, con autobuses que desfilaban lentamente y multitudes en las aceras; Dave entrega el paquete a su chico, el vendedor llama a la poli, la poli llega corriendo, el chico se lo devuelve a Dave, Dave dice: «Bien, quédatelo y corre», y vuelve a dárselo y el chico se sube al pescante de un autobús que pasa y se empotra entre el gentío con el cuerpo colgando sobre la calle y las manos rígidamente aferradas al asidero de la puerta, los polis no lo alcanzan, Dave mientras tanto se ha metido en un bar, se ha quitado el legendario sombrero negro, se ha sentado a la barra con otros hombres mirando al frente, los polis no lo encuentran. Había admirado los cojones de Dave y ahora admiro los del Indio. Cuando salimos de la casa de Tristeza silba y grita a un grupo de hombres que hay en la esquina, seguimos andando, se separan, llegamos a la esquina sin dejar de hablar, no presto atención a lo que hace, lo único que quiero es ir directamente a mi casa. Se pone a lloviznar.

–Me voy a dormir –dice El Indio juntando las palmas a un lado de la boca, digo «Perfecto» y acto seguido me da una explicación más detallada, creo que repitiendo con palabras lo que acaba de decirme por señas, no acabo de entender del todo lo

que trata de explicarme, y me dice decepcionado–:
No me entiendes –aunque sí entiendo que quiere
irse a su casa a dormir.

–Muy bien –digo. Nos damos la mano. Pro-
cedemos a ejecutar una compleja rutina sonriente
en la calle del Indio, en realidad un tramo de Redonda con los adoquines rotos.

Para tranquilizarlo le sonrío al despedirme y
estoy ya por marcharme, pero no deja de vigilar
mi boca y mis ojos, yo no puedo irme con una
sonrisa de listillo, quiero sonreírle como sonríe él
y él responde con sonrisas igualmente sutiles y
psicológicamente corroboradoras, intercambiamos
información con absurdas sonrisas de despedida,
tanto que El Indio, ya muy tenso, tropieza con una
piedra y esboza otra tranquilizadora sonrisa de
despedida para corresponder a la mía, el juego no
parece tener fin pero seguimos andando en direcciones opuestas, como reacios a separarnos, aunque
esto dura solo un segundo y el aire fresco de la noche
anima la recién recuperada soledad y tú y tu Indio
os marcháis como hombres nuevos y la sonrisa,
parte de la que quedaba, desaparece, ya no es nece-
saria. Él a su casa, yo a la mía, para qué sonreír por
ese motivo toda la noche, salvo que nos hagamos
compañía. Aburrimiento del mundo educado...

Voy por el tramo salvaje de la Calle Redonda, bajo la lluvia que aún no ha arreciado, me abro paso en el torbellino de actividad alrededor de los centenares de putas alineadas junto a las paredes de la Calle Panamá, delante de las covachas donde una gorda Mamacita está sentada al lado de una cocina de barro donde guisa cerdo, cuando sales te piden unas monedas para cerdo, que también representa la cocina, el papeo. Pasan taxis, los intrigantes maquinan sus turbios planes, las putas están apostadas toda la noche, doblan el dedo índice para decir Vamos, Ven, pasan jóvenes, las miran por encima, cogidos del brazo en grupos los jóvenes mexicanos pasean como amigos en la Casbah por la calle mayor de las mozas, con el pelo caído sobre los ojos, borrachos, morenas pernilargas con ajustado vestido amarillo se los llevan, les pegan la pelvis a la pelvis, les tiran de las solapas, les suplican; los muchachos vacilan; los polis que vigilan la calle desfilan con toda tranquilidad como figuras en biciburra que pasean invisibles por la calzada. Una mirada al bar donde las niñas bostezan y otra al putibar de maricas en el que héroes arácnidos con jersey de cuello de cisne ejecutan danzas reputas para mayores de 22 años que se han congregado para hacer observaciones críticas; miras por los dos agujeros y ves el ojo del criminal, el criminal en el paraíso. Sigo andando y asimilando el escenario, balanceando el hato que contiene la botella. Me vuelvo torciéndome y dirijo a las putas unas cuantas miradas retorcidas mientras sigo adelante y ellas me devuelven estereotipadas vibraciones de desprecio desde umbrales malditos. Me muero de hambre, empiezo a comer el bocadillo que me dio El Indio y que al principio pensé rechazar para que se lo comiera la gata, pero El Indio insistió, era un regalo que me hacía, así que lo sostengo delicada y ostentosamente a la altura del pecho, lo miro y empiezo a darle bocados sin dejar de andar, y cuando lo acabo compro tacos sobre la marcha, de todas clases, en todos los puestos en que me gritan: «¡Joven!» y adquiero apestosas salchichas de hígado de cerdo con cebolla picada que humean en grasa caliente y se agrietan en la plancha. Me las como con calientes salsas picantes y acabo tragando bocados enteros de fuego y furia; a pesar de todo compro otro, otro más, dos, de carne de vacuno troceada en la carnicería y que parece conservar aún la cabeza, trozos de hueso, todo mezclado en una sarnosa tortilla con sal, cebolla y lechuga en trocitos, un bocadillo delicioso cuando te lo preparan en un buen puesto. Los puestos están en fila, 1, 2, 3, y abarcan casi un kilómetro de calle, trágicamente iluminados con velas, bombillas pequeñas y faroles extraños, todo México una Aventura Bohemia en la gran noche de la meseta al aire libre, velas, piedras y lluvia. Dejo atrás la Plaza Garibaldi, punto caliente de la policía, grupos extraños se reúnen en calles estrechas alrededor de músicos silenciosos a los que solo después se les oye trompetear vagamente de lejos. Suenan marimbas en los grandes bares. Se mezclan ricos y pobres con anchos sombreros. Salen de puertas oscilantes escupiendo motas de cigarro y con la manaza en el paquete como si fueran a zambullirse en un río de agua fría; culpables. Por las travesías avanzan autobuses vacíos eludiendo agujeros embarrados; vestidos de puta amarillo chillón destacan como puntos en la oscuridad, mirones reunidos y apoyados en la pared los amantes de la encantadora noche mexicana. Pasan mujeres guapas de todas las edades, todos los Gordos cómicos y yo con ellos volvemos la cabezota para mirarlas, son tan hermosas que es imposible resistirse...

Doblo a la derecha junto a Correos, paso por la parte inferior de Juárez, el Palacio de Bellas Artes se hunde cerca de allí, me encamino a San Juan de Letrán y recorro con entusiasmo quince manzanas cruzando a paso vivo lugares deliciosos donde hacen churros y buñuelos que te dan calientes con sal, azúcar y mantequilla de un recipiente grasiento y te los comes crujientes mientras recorres la noche peruana por delante de los enemigos de la acera. Se forman grupos dementes de todas las especies, los líderes jubilosos embriagados con la jefatura llevan gorros escandinavos de esquiar aunque visten la chaqueta ancha y larga y los pantalones y el corte de pelo de los pachucos. Otro día me había cruzado con una banda de niños del arroyo cuyo jefe vestía de payaso (con una media de nailon en la cabeza) y anchos círculos pintados alrededor de los ojos, los más pequeños lo imitaban y llevaban atuendos parecidos, todos de gris y con los ojos ennegrecidos y con redondeles blancos, semejantes a jockeys con camisa de colores en un hipódromo, aquellos héroes pinochescos (y genetianos) se vestían en las aceras y un muchacho de más edad se burló del Héroe Payaso. «¿Por qué payaseas, Héroe Payaso? ¿No hay Paraíso en ninguna parte?» «No hay ningún Santa Claus de los Héroes Payasos, chico demente.» Otras pandillas de semimodernos se esconden delante de los clubes nocturnos llenos de ruido y gente alborotadora, paso junto a uno con una rápida mirada a lo Walt Whitman a todo aquel estrapalucio. Llueve con más fuerza, aún me queda mucho trecho que recorrer y arrastrando la pierna derecha, que me duele, no tengo oportunidad ni intención de parar ningún taxi, gracias al whisky y a la morfina no me afecta la enfermedad que emponzoña mi corazón.

Decir que te has quedado sin número de oportunidades en el Nirvana no es lo mismo que decir que tienes un sinnúmero de ellas, pero la multitud que había en San Juan de Letrán era realmente innumerable. Pienso: «Cuenta todos estos sufrimientos desde aquí hasta el fin del cielo infinito que no es cielo y comprobarás cuántos puedes sumar para alcanzar un número capaz de impresionar al Jefazo de las Almas Muertas en la Fábrica de Carne de la ciudad Ciudad CIUDAD, todas en pena y nacidas para morir, deambulando por las calles a las dos de la madrugada bajo los cielos imponderables», su infinitud enorme, la grandeza de la meseta mexicana desde la Luna, vivir únicamente para morir, la triste canción que oigo a veces en mi azotea, en el barrio del Tejado, en el cuchitril del sobretecho, con velas, esperando mi Nirvana o mi Tristeza, pero ni él ni ella llegan, a mediodía oigo «La paloma» que suena en las radios mentales de los abismos que median entre las ventanas de las viviendas; el crío chiflado de la casa vecina canta, el sueño se apodera del lugar, la música es muy triste, las trompas duelen, los agudos y gemebundos violines y el chacachaca chacachaca del locutor mestizo. Vivir únicamente para morir, aquí esperamos en este anaquel, y arriba en el cielo es todo de caramelo dorado abierto, abre mi puerta. El Sutra del Diamante es el cielo.

Avanzo con ímpetu, borracho, desolado, con brío, dando puntapiés sobre la precaria acera, resbaladiza por culpa del aceite vegetal de Tehuantepec, aceras verdes, cubiertas por una capa de suciedad gusanera, invisible, pero en lo alto... mujeres muertas escondidas en mi pelo se deslizan por debajo del bocadillo y la silla.

—¡Estáis locos! —grito en inglés a la multitud—. No tenéis ni puta idea de lo que estáis haciendo en este columpio de cuerda del campanario de la eternidad al titiritero de Magadha, Mara el Tentador, dementes... Todos posesos, todos sabuesos y compráis... Todos derrotados, todos frustrados y mentís. Pobres tarugos productores que engrosáis los desfiles de vuestra Calle Mayor por la Noche, no sabéis que el Señor ha organizado todo lo que hay a la vista.

—Incluso vuestra muerte.

—Y nada ocurre. Yo no soy yo, tú no eres tú, los innumerables ellos no son ellos, y el Yo Sin Número no existe.

Rezo a los pies del hombre, esperando, como ellos.

¿Como ellos? ¿Como Hombre? ¿Como Él? No hay ningún Él. Solo la inefable palabra divina. Que no es una Palabra, sino un Misterio.

En la raíz del Misterio, una espada de luz separa un mundo de otro.

Los vencedores del partido de esta noche en la niebla abierta de las afueras de Tacabatabavac corretean por la calle esgrimiendo los bates de béisbol ante el gentío para demostrar con qué fuerza pueden golpear y la multitud pasea con indiferencia porque la forman niños, no delincuentes juveniles. Se bajan la visera de la gorra de béisbol sobre la cara, bajo la llovizna, se toquetean el guante, se preguntan: «¿Habré hecho una mala jugada en la quinta entrada?» «¿No la compensé con aquel golpe en la séptima?»

En el extremo de San Juan de Letrán está la última serie de bares que culmina en una confusión ruinosa, descampados de adobes rotos, no hay vagabundos escondidos, todo tablas, el Gorky, el Dank, con cloacas y charcos, en la calle zanjas de casi dos metros de profundidad con agua al fondo; viviendas polvorientas que reciben la luz de la cercana ciudad; contemplo las tristes puertas de estos bares finales, se ven destellos de culos femeninos adornados con encaje dorado, y veo y me siento como si volase igual que un pájaro que diera vueltas. En los portales hay niños con trajecitos idiotas, la banda susurra dentro un chachachá, las rodillas de todos chocan entre sí cuando saltan y gimen con aquella música demencial, todo el club se tambalea, *se cae,* un americano negro que estuviera conmigo habría dicho: «Estos tíos se colocan haciendo contorsiones, hacen el ganso todo el tiempo, se quejan, pasan todo el tiempo dándose de hostias por un pedazo de pan, por una mujer, se suben por las paredes, macho, se quejan de todo, ¿entiendes? No saben cuándo parar. Es como Omar Jayam y me pregunto qué comprarán los vinateros, una mitad de maravilla, como lo que venden» (mi amigo Al Damlette).[1]

Me desconecto en estos últimos bares, se ha puesto a llover en serio, echo a andar todo lo aprisa que puedo, llego a un charco, salgo todo mojado, vuelvo a meterme en él y lo cruzo. La morfina me impide notar la humedad, tengo la piel y los miembros entumecidos; como un niño cuando patina en invierno, se cae en el hielo y corre a casa con los patines bajo el brazo para no coger frío, avanzo a zancadas bajo la lluvia panamericana y en el cielo oigo el rugido de un avión de la Pan American que va a aterrizar en el aeropuerto de Ciudad de México con pasajeros de Nueva York que quie-

1. Se refiere a Al Sublette, compañero de borracheras de Kerouac entre 1953 y 1956, llamado Mal Damlette en *Ángeles de Desolación* y en *Big Sur. (N. del T.)*

ren encontrar el otro extremo de los sueños. Levanto la cabeza y observo las chispas de la cola; no me encontraréis aterrizando en grandes ciudades, lo único que hago es aferrarme con fuerza al brazo del asiento y oscilar mientras el piloto aéreo nos precipita con pericia para que choquemos entre llamaradas enormes contra el lateral de los almacenes de los barrios pobres de la Antigua Ciudad India. ¿Qué? Todos ellos rata-ta-ta-tá, con revólveres en los bolsillos clavándose en mis neblinosos huesos buscando algo hecho de oro y entonces las ratas te roen.

Preferiría andar a ir en avión, así puedo caer de cara a tierra y morir de ese modo. Con una sandía bajo el brazo. *Mira.*

Me levanto radiante en la Calle Orizaba (después de cruzar bajo la lluvia anchos parques embarrados, cerca del Cine México, y la sombría calle del tranvía que tiene el nombre del sombrío general Obregón, con rosas en el pelo de su madre...), en la Calle Orizaba hay una magnífica fuente y un estanque en un parque verde, y una rotonda con espléndidas residencias de piedra, vidrio, rejas antiguas y volutas, encantadores adornos majestuosos que cuando se miran a la luz de la luna se funden con los mágicos jardines españoles del interior de una arquitectura (si es arquitectura lo que quieres) hecha para pasar noches encantadoras en casa. De imitación andaluza.

La fuente no funciona a las 2 de la madrugada, pero como si funcionara a causa del agua que cae, y yo que paso por allí sentado en mi caja de cambios del ferrocarril moviendo los mandos de lucecitas rosadas para cambiar las agujas de debajo de la superficie como los polis de la zona de las putas, 35 calles más allá, hacia el centro urbano...

Es la deprimente noche lluviosa que me ha pillado, el pelo me chorrea, tengo los zapatos empapados, pero llevo puesta la cazadora, está mojada por fuera, pero el tejido es impermeable. «Toma, es que la compré en el Richmond Bank», digo a los héroes más tarde en un breve sueño infantil. Llego a casa, paso por delante de la panadería donde ya no hacen dónuts a las 2 de la madrugada; sacaban bollos del horno, los mojaban en sirope y te los vendían por el ventanuco a dos centavos la unidad, yo había comprado cajas enteras cuando era más joven; pero ahora está cerrada, en la noche lluviosa de la Ciudad de México del presente no hay rosas ni dónuts calientes recién hechos, y es dramático. Cruzo la última calle, reduzco la velocidad, me relajo, respiro hondo para que se me ablanden los músculos y entro, morir o no morir, para dormir con el bendito sueño de los angelitos blancos.

Pero la puerta está cerrada, la puerta de la calle, no tengo llave, las luces están apagadas y me quedo allí chorreando bajo la lluvia sin sitio para secarme y dormir. Veo luz en la ventana del Viejo Bull Gaines, me acerco y miro con asombro, solo veo sus cortinas doradas y me digo: «Si no puedo entrar en mi casa, llamaré a la ventana de Bull y dormiré en su butaca.» Y eso es lo que hago, llamo, sale del oscuro establecimiento donde viven unas 20 personas, con el albornoz puesto da unos pasos bajo la lluvia que cae por el hueco que queda entre el edificio y la puerta, se acerca y me abre la verja de hierro. Entro detrás de él.

—No puedo entrar en mi casa —digo.

Quiere saber lo que dijo Tristeza sobre el día siguiente, cuando vayan a comprar droga al Mercado Negro, el Mercado Rojo, el Mercado Indio. El Viejo Bull no pone objeciones, me quedo y duermo en su habitación.

—Hasta las 8 de la mañana, cuando abran la puerta de la calle —añado; y sin decir más me tiendo encogido en el suelo con una colcha, y en cuanto lo hago, se me convierte en una blanda cama de lana y me siento divinamente, con las piernas agotadas y la ropa parcialmente mojada (arrebujado en el ancho albornoz del Viejo Bull como un fantasma en unos baños turcos), y el viaje bajo la lluvia toca a su fin, lo único que me queda por hacer es soñar en el suelo. Me encojo y me duermo inmediatamente. Ya son las tantas de la noche, la pequeña bombilla amarilla está encendida y fuera se oye el repiqueteo de la lluvia. El Viejo Bull Gaines ha cerrado los postigos, fuma un cigarrillo tras otro, no puedo respirar en aquella habitación y él tose, «Qjé, qjé», la tos seca del drogadicto, como una protesta, como gritando: «¡Despierta!» Y allí está él, acostado, consumido, narigudo, raramente apuesto con su pelo gris, delgado, roñoso 22 en su abandonada mundanidad («estudioso de almas y ciudades», eso dice que es), decapitado y reventado por la morfina. Pero con todos los cojones del mundo. Se pone a comer caramelos, yo sigo allí despierto, comprendiendo que el Viejo Bull va a pasar el resto de la noche masticando caramelos ruidosamente. Por los cuatro costados de este sueño. Me vuelvo con furia y lo veo mascando y mascujando adoquín tras adoquín, vaya idiotez para hacer en el catre a las 4 de la mañana. A las 4.30 se levanta, se hierve un par de cápsulas de morfina en una cuchara, y hay que verlo, en cuanto chupa la droga con la jeringa y la trasvasa, saca la gorda lengua y escupe en el ennegrecido fondo de la cuchara, y la frota, la limpia y le saca brillo con un papel, utilizando, para que quede reluciente, una pizca de ceniza. Y se tiende de espaldas, la siente poco a poco, tarda diez minutos, le vibra un músculo, y cuando han pasado veinte minutos ya puede sentirse bien, si no, se pone a revolver en el cajón y me despierta otra vez, busca los somníferos. «Así podrá dormir.»

Así podría dormir *yo*. Pero no. Inmediatamente quiere otro acicate, el que sea, y se levanta, abre el cajón, saca un tubo de pastillas de codeína, cuenta diez y las engulle con un trago de café frío de la taza que tiene en la silla, junto a la cama, y así soporta la noche, con la luz encendida, fumando sin parar. En algún momento, alrededor del amanecer, se queda dormido. Tras reflexionar un poco, me levanto a las 9, a las 8 o a las 7, me pongo las prendas húmedas y subo corriendo en busca de mi cama caliente y mis ropas secas. El Viejo Bull duerme, finalmente lo ha conseguido, el Nirvana, ronca, está en otra parte, detesto despertarlo pero hay que cerrar y echar el pestillo. La luz de la calle es gris, después de caer un aguacero al alba ha dejado de llover. La tormenta ha inundado 40.000 hogares en la zona noroccidental de la ciudad. El Viejo Bull, ajeno a inundaciones y tormentas con sus agujas y polvos junto a la cama, y algodones, cuentagotas y argamandijos.

—Cuando tienes morfina, no necesitas nada más, chico —me dice ya en pleno día, bien peinado y sentado en la butaca con los periódicos, el vivo retrato de la alegría y la salud—. Yo la llamo doña

Amapola. Cuando tienes opio, tienes todo lo que necesitas. El buen O te corre por las venas y es como si cantaras Aleluya. –Se echa a reír–. Ponme a Grace Kelly en una silla y la morfina en otra. Me quedo con la morfina.

–¿Y si es Ava Gardner?

–Ya puede ser Abragarner y todas las hembras de todos los países que se conocen. Mientras tenga mi M por la mañana, mi M al mediodía y mi M por la noche, antes de meterme en la piltra, no necesito saber qué hora es en el reloj del ayuntamiento. –Me dice todo esto y más afirmando vigorosamente con la cabeza, y es sincero. La mandíbula le tiembla de emoción–. Coño, es que si no fuera por la droga me aburriría mortalmente, me moriría de *aburrimiento* –se queja casi llorando–. He leído a Rimbaud y a Verlaine y sé de lo que hablo. Lo único que deseo es droga. Tú nunca has sido drogadicto y no sabes lo que es eso. Chico, cuando despiertas por la mañana con el mono y te metes un buen chute, joder, tío, te sientes en la gloria. –Me imagino despertando con Tristeza en nuestro lecho nupcial, mantas, perros, gatos, canarios y putiplantas estampados en la colcha, hombro desnudo contra hombro desnudo (bajo la bondadosa mirada de la Paloma), ella me inyecta o me inyecto yo mismo con una explosión de veneno acuarelado, directamente en la carne del brazo y en el sistema circulatorio que instantáneamente te declara *suyo;* y sientes la floja caída de tu cuerpo en la enfermedad de la disolución; pero como nunca he estado enganchado, no conozco el horror de la enfermedad. Una historia que el Viejo Bull podría contar mucho mejor que yo...

Me deja salir, pero no sin levantarse murmurando y farfullando, con el pijama y el albornoz apretados contra el vientre, que le dolía por culpa de una hernia abierta o algo así; pobre tío, con casi 60 años, acosado por las enfermedades y sin molestar a nadie. Nacido en Cincinnati, criado en los barcos de vapor de Río Rojo. (¿Europeo patirrojo? Tiene las piernas blancas como la nieve.)

Veo que ha dejado de llover, tengo sed y bebo dos vasos del agua hervida que el Viejo Bull tiene en un bote. Cruzo la calle con los zapatos empapados, compro una Spur-Cola fría y me la bebo mientras voy a mi habitáculo. El cielo se está despejando, podría hacer sol por la tarde, el día es agitado y atlántico, como si estuviera en el mar, frente a la bocana de un estuario escocés. Grito banderas imperiales en mi cabeza y subo corriendo los dos tramos de escalera que hay hasta mi habitación, el último es de chapas de metal cuyos clavos resuenan y están llenas de arena. Accedo al duro suelo de adobe de la azotea, el «Tejado», y avanzo pisando charcos resbaladizos, tiene aspecto de corral y la barandilla tiene sesenta centímetros de altura, de modo que es fácil caerse y abrirse la cabeza en los azulejos españoles del patio donde los americanos se pelean a veces en las ruidosas fiestas que celebran hasta el amanecer. Yo podría caerme, el Viejo Bull casi se cayó el mes que estuvo viviendo en la azotea, los niños se sientan en la redondeada piedra de la barandilla, hacen el ganso y hablan, todo el día correteando y patinando y a mí nunca me ha gustado vigilar. Voy a mi habitación, que está pasando el redondo patio de luces, y abro el candado que cuelga de dos clavos flojos. Entro y empujo la puerta porque la humedad ha hinchado la madera y apenas cabe en el marco. Me pongo los pantalones secos de currante y dos camisas gruesas y me meto en el catre con los gruesos calcetines puestos, termino el refresco, dejo la botella en la mesa, exclamo: «Aaah», me limpio la barbilla y durante un rato me quedo mirando los agujeros de la puerta que me permiten ver el cielo matutino del domingo, oigo las campanas de la iglesia de la Calle Orizaba y a la gente que va a misa, yo me voy a dormir y ya arreglaré eso después, buenas noches.

—Bendito sea el Señor, el que más ama la vida sensible.

¿Por qué tengo que pecar y que santiguarme?

—Ni una sola, entre la vasta acumulación de concepciones del tiempo sin principio, del presente y el futuro que nunca acabará, ni una sola es aprehensible.

Es la vieja cuestión de «Sí, la vida no es real», pero ves a una mujer hermosa o algo que no puedes impedir desear porque está delante de ti. Esa mujer hermosa de 28 años que está delante de mí con su cuerpo frágil («me pongo esto en el cuello [un canesú], así nadie mira y no ve mi hermoso cuerpo», piensa bromeando, pues no se considera hermosa) y esa cara que expresa tan bien el dolor y el encanto que sin duda interviene en la fatalidad del mundo; un hermoso amanecer que obliga a detenerse en la arena y contemplar el mar oyendo en la cabeza la Música del Fuego Mágico de Wagner; el frágil y santo semblante de la pobre Tristeza, la trémula valentía de ese cuerpecito atormentado por la droga que un hombre podría lanzar al aire tres metros, fardo de muerte y belleza, toda la pura Forma delante de mí, todas las angustias y torturas de la belleza sexual, los pechos, la corola del centro del cuerpo, toda la masa abrazable de una mujer aunque alguna mida un metro ochenta podrías caer sobre su vientre por la noche como quien echa una siesta en la orilla soñadora de una mujer. Como Goethe a los 80 años, ya conoces la futilidad del amor y te apartas. Te apartas del beso cálido, la lengua y los labios, el tirón de la delgada cintura, toda la caliente cosa flotante apretada contra ti, la mujercita, por la que fluyen ríos y los hombres se caen de las escaleras. Los delgados largos fríos dedos morenos de Tristeza, lenta, despreocupada y perezosa, como el encuentro de unos labios. La Tristeza Noche Española del agujero de su amor profundo, corridas de toros cuando sueña contigo, la mustia rosa de la lluvia contra la mejilla ociosa. Y todo el encanto concomitante de una mujer encantadora con la que un joven de un país lejano suspiraría por estar. Yo viajaba en círculos por Norteamérica en muchas tragedias grises.

Miro a Tristeza, viene de visita a mi habitación, no se sienta, se queda de pie y habla; a la luz de la vela está excitada, ansiosa, hermosa, radiante. Mientras habla estoy sentado en la cama, mirando el suelo de piedra. Ni siquiera escucho lo que dice, sobre la droga, el Viejo Bull, lo harta que está.

–Tengo que ir mañana, MAÑANA –me da golpecitos con la mano para subrayarlo, así que me veo obligado a responder.

–Sí, sí, adelante –y prosigue con su historia,

que no entiendo. Me limito a mirarla con temor a los pensamientos que tendré, pero ella ya cuida de todo aquello por mí.

—Sí, sí, sufrimos —dice.

—La Vida es dolor —le digo en español y ella está de acuerdo y añade que también es amor.

—Cuando tienes un millón de pesos, no importa cuántos, no se mueven —dice señalando mis enseres, los textos sagrados encuadernados en piel, los sobres de Sears Roebuck con sellos y sobres de avión dentro (como si yo tuviera ya un millón de pesos escondidos en la habitación)—. Un millón de pesos no se mueven, pero cuando tienes el amigo, el amigo te los da en la cama —añade, separando un poco las piernas y golpeando el aire con la pelvis para darme a entender que es mucho mejor un ser humano que un millón de pesos en billetes. Pienso en la inexpresable ternura de recibir esta santa amistad del enfermo cuerpo sacrificial de Tristeza y estoy a punto de llorar o de abrazarla y besarla. Por encima de mí pasa una ola de soledad, recuerdo amores pasados, cuerpos en camas y el invencible deseo cuando entras en las amadas profundidades y el mundo entero te acompaña. Aunque sabemos que Mara el Tentador es malvado, sus ámbitos de tentación son inocentes. ¿Cómo podía Tristeza, que me despertaba la pasión, tener nada que ver con aquello? Solo como ámbito meritorio o como simulacro de inocencia o como testigo material de mi lujuria asesina. ¿Cómo se la podía culpar, cómo podía ser más dulce que estando allí explicando mi amor directamente con sus gesticulantes muslos? Está colocada, mueve sin cesar la solapa del quimono (de ese modo enseña la combinación que lleva debajo) tratando de abotonarla a un botón inexistente. La miro fijamente a los ojos como para decirle «¿Serías mi amiga así?», y ella me devuelve la mirada sin darme a entender ni una cosa ni otra, la mezcla de su resistencia a romper el pacto de asco personal que ha hecho a mayor abundamiento con la Virgen María y su amor a desearme la vuelve tan misteriosa como el Tathágata cuya forma se describe como inexistente, mejor dicho, tan inescrutable como la dirección que habría seguido un fuego apagado. Mientras miro sus ojos soy incapaz de leer en ellos ni un sí ni un no. Nervioso, sigo sentado, me pongo en pie, vuelvo a sentarme, ella continúa explicándome cosas. Me admira que la piel del puente de su nariz se arrugue de un modo tan acentuado, formando limpias líneas, y su suave risa de placer que se oye muy de tarde en tarde, de niña pequeña, hija de la alegría. Si empiezo una relación con ella la culpa será solo mía.

Quisiera rodearle la cintura con las manos y atraerla hacia mí lentamente con escasas y escogidas palabras de cariño, como «Mi ángel de gloria» o «Mi lo que sea», pero ningún vocabulario ocultaría mi turbación. Lo peor de todo sería que me apartara y dijese: «No, no, no», y yo me alejaría carienamorado y deshecho en disculpas como esos decepcionados y bigotudos héroes de película francesa cuando son rechazados por la rubita que está casada con el guardafrenos, junto a una cerca, entre el humo, a medianoche, en los talleres de una estación francesa; y me iría con la sensación de que tengo una vena bestial y no me he dado cuenta, ideas comunes a todos los amantes, jóvenes y viejos. No quiero dar asco a Tristeza. Me horrorizaría ensuciar sus tiernos pétalos secretos y obligarla a despertar por la mañana pegada a la espalda de algún hombre indeseado que ama de noche y se duerme y despierta legañoso para afeitarse y cuya sola presencia produce consternación donde antes reinaba la absoluta y perfecta pureza de nadie.

Pero lo que he echado de menos al no recibir la amistosa acometida del cuerpo enamorado que viene directamente hacia mí, para ser todo mío, no es sino carne de matadero y lo único que haces entonces es causar estragos en personas que entregan su infancia. Cuando Tristeza tenía 12 años sus pretendientes maduros la obligaban a hacer lo que ellos querían a pleno sol, delante de la puerta de la cocina de su madre, lo he visto un millón de veces, en México los jóvenes las quieren jóvenes. El índice de natalidad es aterrador. Los echan gimiendo y agonizando por toneladas, en grandes tanques de transporte de cunas del viejo Tokio... He perdido el hilo de mis pensamientos...

Sí, los muslos de Tristeza y la carne dorada, todo mío. ¿Qué soy? ¿Un cavernícola? Soy un cavernícola.

Cavernícola enterrado profundamente en el suelo.

Sería solo lo que culmina esas mejillas que laten hasta la boca y lo que recuerdo de sus espléndidos ojos, como estar sentado en un palco para ver a la última y encantadora sensación de Francia, ataca la orquesta, me vuelvo al Monsieur que tengo al lado y le murmuro: «Es espléndida, ¿verdad?» Con whisky Johnny Walker en el bolsillo de la chaqueta de mi esmoquin.

Me pongo en pie. Tengo que verla.

La pobre Tristeza se balancea mientras me explica todos sus problemas, que no tiene suficiente dinero, que está enferma, que estará enferma por la mañana, y en su mirada creo percibir un indicio de que acepta la idea de que yo sea su amante. La única vez que vi llorar a Tristeza fue cuando estaba con el síndrome de abstinencia, sentada en el borde de la cama del Viejo Bull, como una mujer que se pasa los dedos por los ojos, arrodillada en el banco trasero de la iglesia durante una novena. Vuelve a señalar al cielo:

–Si mi amigo no me paga –mirándome a los ojos–, mi Señor me pagará, más –y siento que el espíritu entra en la habitación mientras ella está allí, esperando con el dedo apuntando al cielo, con las piernas abiertas, confiada, pues su Señor tiene que pagarle–. Por eso doy a mi amigo todo lo que tengo, y si él no me paga –se encoge de hombros–, mi Señor me pagará –poniéndose alerta otra vez–. *Más.* –Y mientras el espíritu se desplaza por la habitación percibo el lastimero y efectivo horror de la situación (flaca recompensa la espera) y veo que de la corona que tiene en la cabeza brotan múltiples manos procedentes de las diez esquinas del Universo para bendecirla y declararla *bodhisat* por decir y conocer eso tan bien.

Su Iluminación es perfecta.

–No somos nada, ni tú ni yo. Ni tú –me clava el dedo en el pecho– ni yo –se señala a sí misma– somos nada. Mañana podemos estar muertos, por eso no somos nada. –Estoy de acuerdo con ella, siento la extrañeza de esa verdad, siento que somos dos vacíos fantasmas de luz o como almas en pena de las historias de casas embrujadas, transparentes, preciosas, blancas y no allí–. Sé que quieres dormir –añade.

–No, no –digo al ver que quiere irse.

–Yo me voy a dormir, por la mañana temprano tengo que buscar al hombre, comprarle la morfina y volver para dársela al Viejo Bull. –Y puesto que no somos nada, olvido lo que ha dicho sobre los amigos, todo perdido en la belleza de su extraña e inteligente imaginería, cada átomo de ella verdadero.

«Es un Ángel», digo para mi sayo, y la acompaño a la puerta con el brazo arqueado detrás de ella mientras se inclina para abrir sin dejar de hablar. Nos guardamos de tocarnos. Tiemblo. Una vez salté un kilómetro cuando me tocó la rodilla con la yema del dedo, mientras hablábamos, sentados en las sillas; la primera tarde que la vi, llevaba gafas negras, estaba en la ventana, era por la tarde y hacía sol, a su lado ardía una vela, por juego, juegos enfermizos de la vida, fumando, hermosa, como la Dueña de Las Vegas o la revolucionaria que sale con Marlon Brando en *Viva Zapata,* con héroes de Culiacán y todo. Ahí es cuando me conquistó. Su aspecto en el oro del espacio vespertino, su belleza pura semejante a la seda, los niños riendo, yo ruborizándome, en casa de los muchachos, donde vimos a Tristeza por primera vez y empezamos todo esto. Simpática Tristeza cuyo corazón es una puerta de oro, al principio creí entender que era una malvada hechicera, había tropezado con una santa en el México moderno y allí estaba yo, fantaseando con órdenes preestablecidas para nada y traiciones ineludibles, la traición del anciano padre cuando atrae con artimañas a las tres dementes criaturas que gritan y juegan en la casa incendiada: «Daré a cada uno el carro que más le guste», y salen corriendo en pos del carro y él les da el Supremo, Grandioso e Incomparable Carro tirado por un Novillo Blanco, que no saben apreciar porque son demasiado jóvenes; con el mando de aquel grandioso carro él me había hecho una oferta; miro la pierna de Tristeza y decido evitar el tema de la suerte y descanso allende los cielos.

Me esfuerzo por camelarme sus fabulosos ojos mientras ella suspira por estar en un convento.

—¡Deja a Tristeza en paz! —digo, del mismo modo que habría podido decir: «Deja en paz a la gata, no le hagas daño.» Le abro la puerta de mi habitación, para salir los dos, a medianoche. Avanzo torpemente con el farolillo de guardafrenos a la altura de sus pies mientras descendemos los peligrosos no hace falta decir que los escalones, al subir casi había tropezado, se había quejado al subir, y al bajar sonríe y se recoge la falda con esa majestuosa y encantadora lentitud de las mujeres, como una Victoria china.

—No somos nada.

—Mañana podemos estar muertos.

—No somos nada.

—Ni tú ni yo.

Voy educadamente en vanguardia y con la luz mientras bajamos y la conduzco hasta la calle, donde le paro un taxi que la lleve a su casa.

Desde tiempos inmemoriales y hasta el interminable futuro los hombres han amado a las mujeres sin decírselo, y el Señor los ha amado a todos sin decírselo, y el vacío no es el vacío porque no hay nada que vaciar.

¿Estáis ahí, Señor y Astro? Amainado había la llovizna que alteraba mi calma.

Segunda parte
Un año después

En ningún momento había amainado la llovizna que no alteraba ninguna calma. No le dije que la amaba, pero cuando me fui de México me puse a pensar en ella y entonces quise decirle que la amaba por carta, y estuve a punto, y ella me escribía también, bonitas cartas en español, me decía que era dulce y que por favor volviera pronto. Me apresuré a volver demasiado tarde, debería haber vuelto en primavera y casi lo hice, no tenía dinero, solo rocé la frontera de México, y percibí la sensación a vómito de México, seguí hasta California y viví en una cabaña con una especie de monje budista y jóvenes que nos visitaban a diario, y me fui al norte, a Pico Desolación, y pasé el verano vigilando el Desierto, comiendo y durmiendo solo, me decía: «Pronto volveré a los cálidos brazos de Tristeza», pero esperé demasiado.

Oh, Señor, ¿por qué has hecho esto a tus propios ángeles?, esta vida sombría, este feo y asqueroso paisaje de mierda, lleno de vomitonas, ladrones y moribundos. ¿No pudiste instalarnos en un paraíso deprimente donde de algún modo todo fuera alegría? ¿Eres masoquista, Señor? ¿Eres el filántropo engañabobos?[1] ¿Por ventura nos odias?

Al final volví a la habitación del Viejo Bull, bajé de una montaña cercana a Canadá y recorrí seis mil kilómetros, un viaje terrible del que no vale la pena hablar; y fue a buscarla.

Ya me había avisado:

–No sé qué le pasa, ha cambiado estas dos últimas semanas, incluso te diría que durante la última. –«¿Será porque sabía que yo venía?», pensé sombríamente–. Le dan ataques, me tira tazas de café a la cabeza, pierde mi dinero, se cae en la calle.

–Pero ¿qué le pasa?

–Somníferos. Le dije que no tomara tantos. Entiéndeme, un viejo yonqui con años de experiencia sabe cómo administrar los somníferos, pero

1. «*Art thou Indian Giver?*» en el original. El *Indian Giver* es el que regala algo de manera interesada; también se define como el que da algo y luego lo quita. *(N. del T.)*

ella no escucha, no sabe cómo utilizarlos, toma tres, cuatro, a veces cinco, una vez doce, no es la misma Tristeza. Lo que yo quisiera es casarme con ella para obtener la ciudadanía, ¿entiendes? ¿Crees que es una buena idea? Al fin y al cabo, ella es mi vida y yo soy la suya.

No me podía imaginar al Viejo Bull enamorado. De una mujer que no se llamara Morfina.

—Nunca la tocaría, sería un matrimonio de conveniencia, ya sabes lo que quiero decir, no puedo conseguir droga por mi cuenta en el mercado negro, no sé cómo, la necesito a ella y ella necesita mi dinero.

Bull recibe 150 dólares al mes de un fondo fiduciario, abierto por su padre antes de morir. Su padre le tenía cariño y puedo entender por qué, porque Bull es un tipo dulce y tierno, aunque un poco trapacero, pues cuando estuvo en Nueva York financiaba su consumo de droga robando 30 dólares diarios, durante veinte años. Había estado en la cárcel unas cuantas veces, cada vez que le encontraban objetos que no eran suyos. En la cárcel siempre trabajaba de bibliotecario, era un erudito, en muchos temas, con un gran interés por la historia, la antropología y, por encima de todo, por la poesía simbolista francesa, en particular por Mallarmé. No hablo del otro Bull, del gran escritor que escribió *Yonqui*. El mío es otro, más viejo, de casi 60 años, el verano pasado escribí poemas en su habitación, cuando Tristeza era *mía, mía,* aunque no la poseía. Yo tenía la idea tonta, ascética o casta de que no debía tocar mujer. Es posible que la hubiera salvado si la hubiese tocado.

Ya era demasiado tarde.

La trae a casa e inmediatamente comprendo que algo va mal. Ella entra tambaleándose, apoyada en él, me regala una débil sonrisa (gracias a Dios por eso), estira el brazo rígidamente y yo no sé qué hacer, como no sea sostenerle el brazo en alto.

–¿Qué le pasa a Tristeza? ¿Está enferma?

–El mes pasado se le paralizó una pierna y le salieron quistes en los brazos. El mes pasado sí que estuvo enferma.

–¿Y qué le pasa ahora?

–Chist... deja que se siente.

Tristeza se apoya en mí y poco a poco desciende la dulce mejilla morena hasta ponerla a la altura de la mía, con una rara sonrisa, y yo juego a ser el americano aturdido casi de manera consciente.

Pues mira, aún la salvaré...

El problema es qué haría con ella cuando la conquistara. Sería como rescatar a un ángel en el infierno y entonces tendría derecho a ir con ella donde las cosas están peor o quizá donde haya luz, otro lugar, allá abajo, a lo mejor estoy loco.

—Se está volviendo loca —dice Bull—. Esos somníferos enloquecerían a cualquiera, a ti, a cualquiera que no tenga cuidado.

La verdad es que el mismo Bull tomó demasiados un par de noches después para comprobarlo.

El problema de los yonquis, de los drogadictos, benditos sean, bendita sea su callada alma contemplativa, es conseguir la droga. Se les ponen dificultades por todas partes, son desdichados crónicos...

—Si el gobierno me diera morfina suficiente todos los días, sería completamente feliz y estaría totalmente dispuesto a trabajar de enfermero en un hospital. Incluso detallé a las autoridades mis ideas sobre el tema en una carta que envié desde Lexington en 1938, para resolver el problema de las drogas y que todos los yonquis trabajaran limpiando el metro o cualquier otra cosa, incluso especificaba las dosis diarias, mientras recibieran su medicina estarían bien, como todos los enfermos. Son como los alcohólicos, necesitan medicina.

No recuerdo todo lo que sucedió, salvo la última, fatídica, horrible, triste y demente noche. Mejor decirlo ya, ¿para qué ir poco a poco?

Todo empezó cuando Bull salió a buscar morfina, un poco tocado porque había tomado demasiados somníferos (secanoles) para suplir la falta de morfina y por eso se comportaba como un niño, iba desaliñado, parecía senil, no tanto como la noche que durmió en mi cama, en la habitación de la azotea, porque Tristeza se había vuelto loca y se había puesto a romper todo lo que había en la habitación de él, lo había golpeado y se había caído al suelo de cabeza, Bull no había querido darle más somníferos de los que ella había comprado en una farmacia. Las asustadas vecinas se habían agolpado en la puerta pensando que estábamos zurrando a la muchacha, pero era ella la que nos zurraba a nosotros.

Las cosas que me dijo, lo que realmente pensaba de mí, lo soltó en aquel momento, un año después, con un año de retraso y lo único que habría debido hacer yo era decirle que la amaba. Me acusó de ser un asqueroso fumeta, me ordenó salir de la habitación de Bull, quiso atizarme con una botella, quiso quitarme la petaca del tabaco y quedársela, tuve que forcejear con ella. Bull y yo escondimos el cuchillo del pan bajo la alfombra. Ella se quedó sentada en el suelo, como una niña idiota, jugando con objetos. Me acusa de esconder marihuana en la petaca, pero solo es picadura Bull Durham para liar porque los cigarrillos ya hechos tienen productos químicos para

que queden firmes y perjudican mis sensibles y fle-
bíticas venas y arterias.

Bull, en consecuencia, tiene miedo de que ella
lo mate durante la noche, pero no podemos sacarla de allí, anteriormente (hace una semana) Bull
había llamado a los polis, incluso a una ambulan-
cia, pero ni siquiera ellos consiguieron sacarla,
México. Así que Bull se viene a dormir a mi nueva
cama, con sábanas limpias, olvida que ya ha tomado dos somníferos, toma otros dos y pierde la vista, no encuentra sus cigarrillos, lo tira y golpea
todo, se mea en la cama, derrama el café que le
llevo, tengo que dormir en el suelo de piedra, entre chinches y cucarachas y me paso toda la noche
reprochándole cosas: «Cuidado con lo que haces
con mi bonita y limpia cama.»

–No puedo evitarlo. Tengo que conseguir otra
dosis. ¿Esto es una dosis? –Y me enseña una cerilla
creyendo que es una cápsula de morfina–. Pásame
tu cuchara. –Va a hervirla y a inyectársela. Señor.
Por la mañana, al rayar el alba, sale por fin y se va
a su habitación, tambaleándose, con todos sus
trastos, entre ellos un *Newsweek* que nunca podrá
leer. Vacío en el retrete sus latas de mear, todo es
de un azul puro como el caballero azul de Joshua
Reynolds,[1] pienso: «¡DIOS MÍO, se está muriendo!»,

1. Kerouac dice «blue Sir», pero es probable que se

pero resulta que eran latas de azulete de lavar la ropa. Mientras tanto, Tristeza ha dormido, se siente mejor, los dos se van tambaleándose, consiguen las dosis de rigor y al día siguiente ella vuelve a golpear la ventana de Bull, pálida y hermosa, pero ya no parece una hechicera azteca, y se disculpa amablemente.

–Dentro de una semana volverá a los somníferos –dice Bull–. Pero no pienso darle ninguno.
–Traga uno en aquel momento.

–¿Y por qué los tomas tú? –le grito.

–Porque yo sé administrarlos. Hace cuarenta años que soy yonqui.

Y llega la noche fatídica.

He conseguido por fin un taxi y una vez en la calle le he dicho a Tristeza que la quiero.

–*Yo te amo.* –No hay respuesta. Miente a Bull y le dice que le he hecho proposiciones con estas palabras: «Te has acostado con muchos hombres, ¿por qué no conmigo?» Pero yo jamás le he dicho una cosa así, solo «Te amo», porque la quiero. Pero qué hacer con ella. Nunca mentía antes de consu-

---

confunda con el célebre *Blue Boy* de Thomas Gainsborough. En tiempos de Kerouac, este cuadro se encontraba en la galería de la Biblioteca Huntington de San Marino, en el área metropolitana de Los Ángeles, California, donde había también algún cuadro de sir Joshua Reynolds. *(N. del T.)*

mir somníferos. La verdad es que rezaba e iba a la iglesia.

He renunciado a Tristeza y esta tarde, con Bull enfermo, subimos a un taxi y vamos a los barrios bajos en busca del Indio (en el ambiente le llaman el Bastardo Negro), que siempre tiene algo. Siempre he tenido la corazonada de que El Indio también está enamorado de Tristeza. Tiene unas preciosas hijas ya crecidas, duerme en una cama protegida por cortinas muy delgadas y con las puertas abiertas al mundo, colocado con M, su esposa, ya entrada en años, se sienta en una silla, muy nerviosa, los iconos arden, hay discusiones, gruñidos, todo bajo los infinitos cielos mexicanos. Llegamos a su casa y su vieja esposa nos dice que es su esposa (no lo sabíamos), él no está y nos sentamos en los peldaños de piedra del demente patio lleno de niños vociferantes, borrachos y mujeres con colada y se diría que pieles de plátano y esperamos allí. Bull está tan enfermo que tiene que irse a su casa. Y se va, alto, encorvado brujo cadavérico, me deja allí sentado y borracho en la piedra, dibujando retratos de los niños en mi cuaderno de notas.

Entonces aparece una especie de anfitrión, un sujeto corpulento y cordial, con un vaso de pulque, dos vasos, insiste para que me zampe el mío con él, obedezco, bang, al coleto, el zumo de cacto nos chorrea de los labios, juega a desenfundar el revólver más aprisa que yo. Las mujeres ríen. Hay una cocina grande. Me sirve más. Bebo y dibujo a los niños. Ofrezco dinero por el pulque pero no lo aceptan. Empieza a oscurecer en el patio.

Ya había bebido casi un litro de vino por el camino, es uno de mis días de borrachera; me he sentido aburrido, triste y perdido; además, durante tres días he estado pintando y dibujando con lápiz, tiza y acuarela (mi primer intento formal) y estoy agotado. He hecho un boceto de un artista mexicano barbudo en su cuchitril de la azotea y ha arrancado la hoja del cuaderno, para quedársela. Bebimos tequila por la mañana y nos dibujamos mutuamente. A mí me dibuja como a un turista, para que vea lo joven, guapo y americano que parezco, no lo entiendo (¿quiere que lo compre?). Yo lo dibujo con una cara barbinegra, terrible, apocalíptica, con el cuerpo diminutamente retorcido en el borde de la cama. Oh, el cielo y la posteridad juzgarán todo este arte, sea lo que sea. Así que dibujo a un niño en particular que no quiere estarse quieto y luego me pongo a dibujar a la Virgen...

Aparecen más individuos y me invitan a una habitación grande con una mesa blanca y grande cubierta de jícaras de pulque y en el suelo tinajas del mismo licor. Asombrosas las caras que veo. Pienso: «Voy a pasármelo en grande y mientras estoy bien en el umbral del Indio, y cuando llegue se lo llevaré a Bull, y Tristeza vendrá también...»

Ya borrachos, damos buena cuenta de grandes vasos de zumo de cacto y hay un viejo que canta con una guitarra y un muchacho aprendiz suyo, de labios gruesos y delicados, y una camarera gruesa y alta como salida de la Edad Media de Rabelais y Rembrandt que también canta. Parece que el jefe de esta nutrida banda de quince es Pancho Villa, que está en el extremo de la mesa, de cara roja como la arcilla, totalmente redonda y animada, pero mexicana, como de búho, con ojos de lunático (me parece) y una chillona camisa roja de cuadros y siempre parece extasiado y feliz. Pero a su lado hay otros que parecen lugartenientes, más siniestros, a estos los miro fijamente a los ojos, brindo e incluso digo: «¿Qué es la vida?» (para dar a entender que soy filosófico y un tipo inteligente). También hay un sujeto con traje y sombrero azules, parece el más cordial de todos, me hace señas para que vaya con él al servicio para que hablemos informalmente mientras meamos. Cierra la puerta. Tiene los ojos hundidos en las cuencas de una cara gorda y magullada como la de W. C. Fields, aunque «cuencas» es una palabra demasiado limpia, más bien diría unos ojos curiosos y malintencionados, como de hipnotizador. No dejo de mirarlo, no deja de *gustarme,* me gusta tanto que cuando me quita la billetera y cuenta mi dinero me echo a reír, le doy unos manotazos para recuperarla y deja de contar. Hay gente que quiere entrar en el servicio, «¡Esto es México!», dice el tipo. «Nos quedamos el tiempo que queremos.» Cuando me devuelve la billetera veo que el dinero sigue en su sitio, pero juro sobre la Biblia por Dios por Buda y por todo lo que se supone sagrado en la vida real que no había más dinero en aquella billetera (billetera, gilibilletera, solo una funda de piel para cheques de viajero). Me ha dejado dinero porque después le doy veinte pesos a un gordo y le digo que consiga marihuana para toda la peña. También él me lleva a los servicios para conspirar muy seriamente y sin saber cómo me desaparecen las gafas de sol.

Finalmente, Sombrero Azul, delante de todos, se limita a sacarme el cuaderno de notas del bolsillo de la cazadora (la de Bull), como si me gastara una broma, con lápiz y todo, lo guarda en su chaqueta y se me queda mirando, curioso y malintencionado. La verdad es que no puedo sino echarme a reír, pero entonces le digo: «Vamos, vamos, devuélveme mis poemas», y alargo la mano hacia su bolsillo y se aparta, y vuelvo a alargar la mano y no quiere. Me vuelvo hacia el hombre de aspecto más distinguido, en realidad el único distinguido, que está sentado a mi lado.

–¿Se hace usted responsable de recuperar mis poemas?

Dice que sí, sin entender lo que le digo, pero estoy borracho y doy por sentado que me entiende. En esto, en un ciego momento de éxtasis, tiro al suelo cincuenta pesos para probar no sé qué. Luego tiro dos pesos diciendo: «Por la música.» Al final los recogen para los dos músicos pero después de recapacitar la soberbia me impide mirar alrededor en busca de los cincuenta pesos, aunque es fácil comprender que se trataba del deseo de ser robado, una extraña forma de exaltación y poderío de la embriaguez: «No me importa el dinero, soy el rey del mundo, yo en persona encabezaré vuestras pequeñas revoluciones.» La cosa empieza a funcionar cuando trabo amistad con Pancho Villa, y hermano hay mucho empinar el codo y remojar el gaznate con los brazos en los hombros, y canciones. Y por entonces estoy ya tan idiotizado que cuando abro la billetera veo que ha volado hasta el último centavo, mientras hago aspavientos para dar a entender lo mucho que aprecio la música, incluso toco el tambor en la mesa. Al final me voy con el Gordo para hablar en los servicios y cuando salimos llega una mujer subiendo los escalones, sobrenatural, pálida, majestuosa, ni joven ni vieja, no puedo dejar de mirarla e incluso cuando me doy cuenta de que es Tristeza sigo mirándola y preguntándome quién será esta extraña mujer y al parecer ha venido a rescatarme pero en realidad solo está aquí para pedirle droga al Indio (que por entonces y por iniciativa propia, dicho sea de paso, ha ido a casa de Bull, que está a tres kilómetros de aquí). Me aparto de la alegre banda de ladrones y sigo a mi amor.

Lleva un largo vestido sucio y una pañoleta, tiene la cara pálida y ojeras, la misma nariz fina y patricia, ligeramente aguileña, los mismos labios carnosos, los mismos ojos tristes... y la música de su voz, el lamento de su canción cuando habla en español con otras personas...

Ah, Santo Cristo... La triste y mutilada Virgen azul es Tristeza y seguir diciendo que la amo es una asquerosa mentira. Me odia y la odio, no hay por qué ocultarlo. La odio porque me odia, no por otro motivo. Me odia porque lo sé, supongo que el año anterior fui demasiado piadoso. No deja de gritar: «¡No me importa!», y nos golpea en la cabeza, sale y se sienta en el bordillo de la acera, garabatea en el suelo y se mece. Nadie osa acercarse a la mujer que tiene la cabeza entre las rodillas. Pero esta noche veo que está perfectamente, tranquila, pálida, anda derecha, sube los peldaños de piedra de los ladrones...

El Indio no está, bajamos. Yo ya había visitado dos veces la casa del Indio, no estaba, pero sí su morena hija, con sus hermosos ojos castaños y tristes que escrutan la noche cuando le pregunto. «*Non, non*», es lo único que sabe decir, está mirando un punto fijo de la basura de los cielos, de modo que lo único que hago es mirarla a los ojos, pues nunca he visto una muchacha como ella. Sus ojos parecen decir: «Quiero a mi padre aunque tome drogas, pero por favor no vengáis, dejadlo en paz.»

Tristeza y yo volvemos al resbaladizo basurero de la calle de farolas de un aburrido pardo apagado, los neones lejanos y oscurecidos azules y rosa (como rayas de tiza frotadas) de Santa María la Redonda donde se nos engancha la pobre Cruz, con su aspecto desaliñado y salvaje, y nos vamos hacia otro sitio...

Llevo a Tristeza cogida por la cintura y avanzo melancólicamente con ella. Esta noche no me odia. A Cruz siempre le he caído bien y sus sentimientos no han cambiado. El año pasado causó a Bull toda clase de problemas con sus tretas de borracha. Oh, había habido pulque y vomitonas en la calle, y quejas bajo la cúpula celeste, salpicadas alas de ángel cubiertas con el polvo azul claro del cielo. Ángeles en el infierno, nuestras gigantescas alas en la oscuridad, los tres en marcha, y desde el Cielo

Eterno y Dorado se asoma Dios para bendecirnos con su cara, que solo puedo describir como infinitamente compungida (apiadada), quiero decir que comprende el sufrimiento hasta el infinito y ver aquella Cara haría llorar. Yo la he visto, en una visión, al final lo anulará todo. Nada de lágrimas, solo los labios. Oh, puedo enseñárosla. Ninguna mujer se entristecería tanto, Dios es como un hombre. Todo está en blanco cuando avanzamos por la calle hacia una calleja oscura donde hay dos mujeres sentadas con calderos humeantes, o quizá sean tazones que humean, y nos sentamos en cajones de madera, yo con la cabeza en el hombro de Tristeza, Cruz a mis pies y las dos me dan un trago de ponche caliente. Abro la billetera, ya no me queda dinero, se lo digo a Tristeza, ella paga las bebidas, o habla, o dirige todo el espectáculo, incluso puede que sea la jefa de la banda de ladrones...

La bebida no me causa mucho efecto, se nos ha hecho tarde, se acerca el amanecer, el frío de la elevada meseta traspasa mi corta camiseta sin mangas, mi cazadora y mis pantalones de algodón y me entra una tiritera incontrolable. Nada la remedia, un vaso tras otro y nada la remedia.

Dos jóvenes maromos mexicanos, atraídos por Tristeza, se acercan y se quedan allí, bebiendo y hablando toda la noche, los dos tienen bigote, uno es muy bajo, tiene cara de niño, redonda y mofletuda. El otro es más alto, con alas de papel de periódico metidas en la cazadora para protegerse del frío. Cruz se estira en la calzada con el chaquetón y se pone a dormir, la cabeza en el suelo, en la piedra. Un policía detiene a no sé quién en el extremo del callejón, nosotros, alrededor de la vela y los recipientes humeantes, miramos sin interés. En cierto momento Tristeza me da un suave beso en la boca, el más tenue, el más levísimo beso del mundo. Sí, y yo lo recibo con estupor. He decidido quedarme con ella y dormir donde ella duerma, incluso si duerme en un cubo de basura, en una celda de piedra con ratas... Pero no dejo de tiritar, no paro por mucho que me abrigue, hace ya un año que paso todas las noches en mi saco de dormir y ya no estoy acostumbrado al frío normal de los amaneceres en la tierra. En cierto momento me caigo del cajón de madera en que estoy con Tristeza, aterrizo en la acera y allí me quedo. En otros momentos estoy de pie entablando largas y misteriosas conversaciones con los dos maromos. ¿Qué coño tratan de decir y hacer? Cruz duerme en la calzada.

Su negro pelo cuelga y se desparrama en el suelo. La gente se lo pisa. Es el fin.

Despunta el gris de la aurora.

Empieza a circular gente que va al trabajo, la luz pálida no tarda en poner al descubierto la riqueza cromática de México, las pañoletas azul claro de las mujeres, las pañoletas moradas, los labios de las personas ligeramente rosáceos bajo el cielo azul de la mañana.

—¿A qué esperamos? ¿Adónde vamos? —había preguntado yo.

—Yo quiero mi dosis —dice ella, dándome otro ponche caliente, que me recorre el tembloroso cuerpo. Una señora se ha dormido, la vendedora del cazo está ya amoscada porque al parecer he bebido más de lo que ha pagado Tristeza, o los dos maromos, o lo que sea.

Pasan personas y carros.

—Vámonos —dice Tristeza poniéndose en pie, despertamos a la desgreñada Cruz, nos tambaleamos mientras nos estiramos un poco y echamos a andar calle arriba.

Ya se ven los extremos de las calles, no más oscuridad de garbanzo,[1] todo son iglesias azules, gente pálida y manteletas rosas. Seguimos adelante, cruzamos unos solares y llegamos a un poblado de chabolas de adobe.

Es por sí solo un pueblo dentro de la ciudad.

1. *Sic,* en el original: «No more garbanzo darkness». (*N. del T.*)

Nos reunimos con una mujer y entramos en una habitación, imagino que por fin dormiremos allí, pero las dos camas están llenas de gente que duerme y gente que despierta, de modo que nos quedamos hablando, nos vamos, recorremos el callejón y pasamos por delante de puertas de personal que despierta... Todos sienten curiosidad por ver a las desgreñadas y al desgreñado que van dando traspiés como lento grupo del alba. El sol sale naranja sobre montones de ladrillos rojos y polvo de yeso de alguna parte, es la diminuta Norteamérica de mis sueños indios, pero estoy demasiado aturdido para entender o darme cuenta de nada, lo único que quiero es dormir junto a Tristeza. Ella, con su corto vestido rosa, su cuerpecito sin pechos, sus delgadas pantorrillas, sus hermosos muslos, pero lo único que yo quiero es dormir, aunque me gustaría abrazarla y dejar de tiritar debajo de una Manta mexicana, grande, marrón oscuro, y con Cruz también, al otro lado, haciendo de carabina, solo quiero que pare este demente vagabundeo por las calles...

Ningún jabón, al final del poblado, en la última casa, más allá de la cual solo hay un descampado, lejanas torres de iglesia y la ciudad legañosa, entramos...

¡Qué escena! Salto de regocijo al ver una cama grande...

–¡Vamos a dormir aquí!

Pero en la cama hay una mujer gorda de pelo negro y al lado un tipo con gorro de esquiador, los dos despiertos, y entonces aparece una morena con pinta de pintora beatnik de Greenwich Village. Y de súbito veo diez, quizá ocho personas, todas moviéndose en los rincones con cucharas y cerillas. Una es un típico yonqui, aquella ternura tosca, aquellos rasgos duros y sufrientes, cubiertos por una película de grasa gris y enfermiza, los ojos indiscutiblemente alerta, la boca alerta, sombrero, traje, reloj, cuchara, heroína, todo engranado en la rápida dinámica del chute. Todos se están chutando. Un hombre llama a Tristeza y esta se sube la manga de la chaqueta, Cruz también. El gorro de esquiador ha saltado de la cama y hace lo mismo. La tía de Greenwich Village se ha metido en la cama, a los pies, tiene el cuerpo macizo y sensual bajo las sábanas del otro extremo y allí está, contenta, recostada en una almohada, mirando. La gente entra y sale de los exteriores del poblado. También yo espero que me den un chute y digo a un maromo «Poquito goteo», lo cual creo que significa «solo unas gotas», pero en realidad significa que gotee poco. Y de gotear se trata, porque no me dan nada, me he quedado sin dinero.

La actividad es frenética, interesante, humana, observo sinceramente pasmado, y aunque estoy borracho entiendo que aquel antro debe de ser el mayor de los drogatas de toda Latinoamérica. ¡Qué tipos más interesantes! Tristeza habla a cien por hora. El yonqui ensombrerado de rasgos tiernos y toscos, bigote rojizo, ojos vagamente azules y pómulos pronunciados es mexicano, pero tiene el aspecto de cualquier yonqui de Nueva York. Tampoco él me da una dosis. Me limito a estar sentado y a esperar. A mis pies hay media botella de cerveza que Tristeza me ha había comprado por el camino, yo la llevaba escondida en la ropa y ahora bebo delante de todos aquellos yonquis y allí acaban mis oportunidades. No dejo de vigilar la cama con la esperanza de que la gorda se levante y se vaya, y lo mismo la pintora recostada a sus pies, pero solo se mueve el hombre, se viste, se va y al final nos vamos todos.

–¿Adónde vamos?

Salimos de allí por el taller de un talabartero, entre filas de ojos como sables cruzados y ya os lo podéis figurar, el viejo castigo de las baquetas, de respetables burgueses mexicanos por la mañana, pero nadie nos detiene, ningún policía, y seguimos nuestro camino por una estrecha calle sin pavimentar, llegamos a otra puerta y dentro hay un antiguo y pequeño patio donde un viejo barre con una escoba y se oyen muchas voces al fondo.

Me ruega con los ojos que no causemos problemas, más o menos, y yo le digo por señas: «¿*Yo causar problemas?*», pero el viejo insiste, no me atrevo a entrar, pero Tristeza y Cruz tiran de mí con toda confianza y me vuelvo para mirar al viejo, que nos ha dado permiso pero sigue implorando con la mirada. ¡Santo Dios, él lo sabía!

El lugar es una especie de esnifadero matutino extraoficial, Cruz se adentra en el oscuro y ruidoso interior y sale con una especie de anís flojo en un vaso de agua y lo pruebo, la verdad es que no tengo ganas en concreto, me quedo apoyado en la pared de adobes mirando la luz amarilla. Cruz tiene ya un aspecto demencial, unas fosas nasales animales y peludas como las revolucionarias que gritan en los murales de Orozco, a pesar de lo cual se las arregla para parecer remilgada. Además, es una personita con gracia, me refiero a su corazón, toda la noche ha sido muy simpática conmigo, y le gusto. La verdad es que en cierto momento de embriaguez había gritado: «¡Tristeza, estás celosa porque Yack quería casarse conmigo!», aunque sabe que amo a la inamable Tristeza, así que se porta como una hermana conmigo y a mí me gusta esa actitud; hay personas que tienen vibraciones procedentes del vibrante corazón del sol, inagotables...

Pero mientras estamos allí, Tristeza dice de pronto:

—Yack toda la noche —y se pone a imitar las tiriteras que he tenido en la calle toda la noche, al principio me río, el amarillo caliente del sol me da en la cazadora, pero me alarmo al ver que imita mis temblores con seriedad convulsiva, Cruz también se da cuenta y exclama: «¡Basta ya, Tristeza!», pero la muchacha sigue, tiene los frenéticos ojos en blanco, su cuerpecito se estremece bajo la chaqueta, las piernas empiezan a fallarle, alargo las manos sin dejar de reír.

—Ah, venga ya. —Cada vez tiembla y se convulsiona más y de repente (mientras pienso: «¿Cómo puede amarme si se burla de mí con tanta seriedad?») se desmorona, la imitación ha ido demasiado lejos, trato de sujetarla, se dobla mientras cae y queda colgando un momento (como en las descripciones que me ha hecho Bull de los heroinómanos que se doblaban hasta tocarse la punta de los zapatos en la Quinta Avenida en los años veinte, hasta que la cabeza les colgaba totalmente del cuello y no podían hacer ya otra cosa que incorporarse o quedar apoyados con la cabeza en el suelo) y con profundo dolor de corazón veo que Tristeza se da un cabezazo contra la dura piedra y se desploma–. ¡Oh, no, Tristeza! —exclamo, la sujeto por las axilas, le doy la vuelta y la siento en mis rodillas mientras me apoyo en la pared. Respira con dificultad y entonces veo manchas de sangre en su chaqueta.

«Se muere», pienso, «de pronto ha decidido morirse ahora... esta demente mañana, este demente minuto...» Y aquí está el viejo de ojos suplicantes, todavía mirándome con la escoba en la mano, hombres y mujeres que han entrado en busca de anís se acercan a nosotros (con despreocupación cautelosa, pero con lentitud, sin apenas mirarnos). Pego mi cabeza a la suya, mejilla contra mejilla, la aprieto, digo:

–*Non non non non non* –y lo que quiero decir es «no te mueras». Cruz está en el suelo, con nosotros, al otro lado, llorando. Sujeto a Tristeza con las manos en sus pequeñas costillas y rezo. La sangre le sale ahora de la boca y la nariz.

Nadie nos moverá de esta puerta, lo juro.

Me doy cuenta de que estoy allí porque me niego a dejarla morir.

Mojo en agua mi pañuelo rojo y se lo paso por la cara. Después de sufrir convulsiones durante un rato le sobreviene una calma repentina, abre los ojos, mira arriba. No morirá. Lo intuyo, no morirá, no en mis brazos ni en aquel momento, pero también intuyo que «sabe que no se lo he permitido y ahora esperará que le enseñe algo mejor que eso, mejor que el éxtasis eterno de la muerte». Oh, Dorada Eternidad, pues sé que la muerte es mejor, pero:

–No, te quiero, no te mueras, no me dejes... Te

quiero demasiado. Porque te quiero, ¿no es esa razón suficiente para intentar vivir?

Ah, horripilante destino de los seres humanos, cada uno de nosotros morirá en un terrible momento, amedrentará a todos los que lo aman y se incorporará a la carroña del mundo; y reventará el mundo; y a todos los heroinómanos de todas las ciudades amarillas y desiertos cenicientos les traerá sin cuidado; y también ellos morirán.

Tristeza hace esfuerzos por levantarse. La incorporo con las manos en las axilas, se apoya, le arreglamos la chaqueta, la pobre chaqueta, la sacudimos para quitarle la sangre. Nos ponemos en marcha. Nos ponemos en marcha en la amarilla mañana mexicana, no muertos. La suelto para que camine sola delante de nosotros, hace Camino, lo hace recorriendo calles increíblemente sucias y repulsivas, llenas de perros muertos, cruzándose con niños embobados, viejas y viejos con harapos, hasta un descampado que cruzamos dando traspiés. Lentamente. Lo intuyo ahora en su silencio: «¿Es esto lo que me das en vez de la muerte?» Trato de averiguar qué darle a cambio. Nada mejor que la muerte. Lo único que puedo hacer es trastabillar detrás de ella, de vez en cuando soy yo quien va en cabeza, pero no tengo la talla del hombre, del Hombre que Abre Camino. De todos modos sé que se está muriendo, por culpa de la epilepsia, o del corazón, de la conmoción, de las convulsiones causadas por los barbitúricos, y precisamente por eso ninguna vecina me impedirá llevármela a mi habitación de la azotea, para dejar que duerma y descanse en mi saco de dormir, con Cruz y conmigo, con ambos. Se lo digo, paramos un taxi, vamos a casa de Bull. Nos detenemos allí. Las dos mujeres esperan en el vehículo mientras yo llamo a la ventana, para pedirle dinero con que pagar al taxista.

–*¡No me traigas a Cruz aquí!* –grita–. ¡A ninguna de las dos! –Me da el dinero, pago al taxista, las mujeres se apean y allí tenemos en la puerta la caraza soñolienta de Bull que dice–: No, no. La cocina está llena de mujeres, no te dejarán pasar.

–Pero ¡se está muriendo! ¡Tengo que cuidarla!

Me vuelvo y veo sus chaquetas, la espalda de sus chaquetas, se han vuelto majestuosa, mexicana y femenilmente, con tremenda dignidad, a pesar de sus manchas de polvo y todo el yeso de la calle, se alejan despacio por la acera, tal como caminan las mexicanas y las francocanadienses cuando van a la iglesia por la mañana. Hay algo inmutable en la forma en que las dos han dado la espalda a las mujeres de la cocina, a la cara de preocupación de Bull, a mí. Corro tras ellas. Tristeza me mira con la seriedad con que decía: «Voy a ver al Indio para que me dé una dosis», con la normalidad con que siempre decía eso, como si (puede que mienta, ¡atención!), como si realmente fuera eso lo que desea y quisiera en serio una dosis.

«Esta noche quiero dormir donde duermas tú», le había dicho yo. Pero querer entrar en casa del Indio había sido como pedir peras al olmo, incluso para ella, porque su mujer la detesta. Las dos se alejan majestuosamente, yo titubeo majestuosamente, con cobardía majestuosa, temiendo a las mujeres de la cocina que han impedido que Tristeza entre en la casa (pues temen que lo rompa todo en uno de sus ataques barbitúricos) y por encima de todo le han prohibido que pase por la cocina (que es la única forma de llegar a mi habitación) para acceder a los peldaños de hierro de la temblorosa, insegura y estrecha torre de marfil que asciende en espiral.

—¡Nunca os dejarán pasar! —grita Bull desde la puerta—. ¡Deja que se vayan!

En la acera hay una vecina. Estoy demasiado borracho y me da vergüenza mirarla a la cara.

—¡Les diré que se está muriendo!

—¡Ven, entra! ¡Ven! —grita Bull. Me vuelvo. Las dos mujeres suben al autobús en la esquina. Tristeza se va.

Si no muere en mis brazos ya me lo contarán otros.

Qué misterioso el motivo por el que las tinieblas

y los cielos se combinaron para cubrir con un manto de tristeza el corazón de Bull, el del Indio y el mío, los tres hombres que la amábamos, llorábamos por dentro y sabíamos que iba a morir. Tres hombres de tres culturas diferentes en la mañana amarilla de las manteletas negras, ¿qué poder angélico-demoníaco lo ideó? ¿Qué ocurriría?

Por la noche un pequeño policía mexicano sopla el silbato para indicar que todo está bien, y todo está totalmente mal, todo es trágico. No sé qué decir...

Solo espero verla de nuevo...

Hace solo un año estaba en mi habitación y me decía: «Un amigo es mejor que los pesos, un amigo que se te entregue en la cama», cuando aún creía ella que podíamos unir nuestros torturados vientres y exorcizar parte del dolor. Pero ya es demasiado tarde, demasiado tarde.

En mi habitación, por la noche, la puerta abierta, vigilo para verla llegar, como si pudiera atravesar aquella cocina de las mujeres. Y en cuanto a mí, supongo que debería ir a buscarla al Mercado de los Ladrones.

¡Embustero! ¡Embustero! ¡Soy un embustero!

Y suponiendo que fuera a buscarla y le diera por golpearme otra vez en la cabeza, sé que no sería ella sino los somníferos; pero ¿adónde podría llevarla? ¿Y qué resolvería dormir con ella? El beso que me dio en la calle, el más dulce que salió de sus palirrosadísimos labios, otro como aquel y estoy listo.

Mis poemas, robados; mi dinero, robado; mi Tristeza muriéndose, los autobuses mexicanos tratando de arrollarme, carbonilla en el cielo, uf, nunca se me ocurrió que pudiera ser tan nefasto...

Y encima me odia. ¿Por qué me odia?

Porque soy muy inteligente.

–Ten cierto como que estás aquí –repite Bull desde esta mañana–, el día 13 Tristeza volverá a golpear esa ventana con los nudillos en busca de dinero para su contacto.

Bull desea que vuelva.

Llega El Indio, con un sombrero negro, triste, viril, maya severo, preocupado.

–¿Dónde está Tristeza? –pregunto.

–No lo sé –responde alargando las manos.

La sangre femenina que mancha mis pantalones es como mi conciencia...

Pero reaparece antes de lo que esperábamos, la noche del día 9. Precisamente cuando estábamos allí, hablando de ella. Golpea la ventana, pero no solo eso, sino que introduce una frenética mano morena por el antiguo agujero (que El Indio abrió de un puñetazo el mes pasado enfurecido por la abstinencia), agarra la larga cortina rosada que el colocado Bull colgó desde el techo hasta el alféizar, la zarandea, la agita, la aparta y mira dentro, como para comprobar que no nos estamos chutando morfina sin avisarla. Lo primero que ve es mi cara que se vuelve sonriendo. Debió de sentirse muy asqueada.

–Buuul, Buuul...

Buuul se viste a toda prisa para salir y hablar con ella en el bar que hay al otro lado de la calle, ya que no se le permite entrar en la casa.

–Déjala entrar.

–No puedo.

Salimos los dos, él después de mí, para cerrar, y allí, en la acera, delante de mi «gran amor», bajo las luces inciertas del anochecer, lo único que se me ocurre es remover los pies y esperar el momento oportuno.

–¿Cómo estás?

–Bien.

En el lado izquierdo de la cara tiene una venda sucia con sangre seca ennegrecida, se la tapa con la mantilla que le envuelve la cabeza.

–¿Cuándo te lo hiciste? ¿Cuando estabas conmigo?

–No, después de separarnos, me caí tres veces. –Me enseña tres dedos. Tuvo otros tres ataques convulsivos. El algodón le cuelga y las largas tiras de la venda le llegan casi hasta la barbilla. Si no fuera santa Tristeza tendría un aspecto espantoso.

Llega Bull, cruzamos la calle despacio, en dirección al bar. Yo la flanqueo por el otro lado para protegerla, ¡menuda hermana mayor estoy hecho! Es como en Hong Kong, las madres e hijas solteras más pobres que viven en sampanes en los ríos y visten pantalones anchos, bogan con pértigas venecianas y no hay arroz en el cuenco, y ellas, sobre todo ellas se enorgullecen de transportar a una hermana mayor como yo, ah, sus preciosos culitos envueltos en seda transparente, ah, sus caras tristes, sus pómulos pronunciados, bronceados por el sol, los ojos que me miran en la noche, a todos los puteros de la noche, es su último recurso. ¡Ah, cuánto me gustaría escribir! Un bonito poema me bastaría.

Qué frágil, abatida y en las últimas está Tristeza cuando la depositamos en aquel bar tranquilo y hostil en el que Madame X cuenta sus pesos en la trastienda, de cara a todos, y un pequeño, bigotudo y ansioso camarero se acerca furtivamente para atendernos y yo ofrezco a Tristeza una silla que oculta su lamentable y mutilado rostro a Madame X, pero se niega y toma asiento como siempre. ¡Vaya trío en un bar habitualmente reservado a oficiales de la Marina y empresarios mexicanos que se empapan los bigotes en la espuma de las jarras de cerveza de la tarde! Bull, alto, huesudo,

107

amedrentador y jorobado (¿qué pensarán los mexicanos de él?), con sus gafas de búho y su paso lento y temblón pero de dirección fija; yo, un gringo cretino, de pantalones caídos, bien peinadito, con sangre y pintura en la ropa; y ella, Tristeza, envuelta en una mantilla morada, esquelética, pobre, como una vendedora de lotería callejera, que son como una plaga en México. Pido una cerveza para aparentar normalidad, Bull transige con un café, el camarero está nervioso.

Oh, dolor de cabeza, pero allí está ella, a mi lado, y me la bebo a ella. De vez en cuando vuelve sus ojos violetas para mirarme. Está mal y quiere un pinchazo, Bull no tiene nada, pero ella piensa conseguir tres gramos en el mercado negro. Le enseño los retratos que he hecho: de Bull en su silla y con su pijama morado opiáceo celestial; otro mío con mi primera esposa (se lo digo y no hace ningún comentario, sus ojos se posan brevemente en cada dibujo). Finalmente, cuando le enseño mi «vela encendida en la noche» ni siquiera la mira. Hablan de droga. Todo el tiempo tengo la sensación de que la tengo entre mis brazos y la estrecho contra mí, estrecho este pequeño, frágil e inalcanzable cuerpo que no está allí.

La mantilla se le cae ligeramente y su vendaje queda a la vista del bar; lamentable; no sé qué hacer; empiezo a enfurecerme.

Por fin abre la boca y se pone a hablar del marido de una amiga, que la ha echado de casa aquel mismo día llamando a la poli (él mismo es poli).

—Llama a la poli porque no le doy mi cuerpo —dice con mueca de asco.

Ah, de modo que piensa que su cuerpo es una especie de premio que no hay que regalar, pues al infierno con ella. Mis sentimientos oscilan y medito. Miro sus ojos insensibles.

Bull, mientras tanto, le hace advertencias sobre el consumo de barbitúricos y yo le recuerdo que su antiguo examante (ahora un yonqui muerto) me había dicho también que no los probara nunca. De súbito vuelvo los ojos a la pared y allí están las fotos de las hermosas tías del calendario (las que Al Damlette tenía en su habitación de Frisco, una por mes, y a las que solíamos venerar bebiendo tokay), llamo la atención de Tristeza sobre ellas, Tristeza desvía la mirada, el camarero se da cuenta, me siento un animal.

Y todas las salchichas y patatas fritas del año anterior. Oh, Altísimo, ¿qué haces con tus hijos? Tú, con tu triste y piadoso rostro, un rostro que nunca llamaría feo, ¿qué haces con los hijos robados que robaste de tu mente para forjar una idea, porque te aburrías o porque Deseabas? No debiste

109

hacerlo, oh Señor, oh Despertar, no debiste jugar al juego de sufrir y morir con los hijos de tu mente, no debiste dormirte, debiste esperar, aunque en vano, la música y la danza, solo, en una nube, gritando a las estrellas que tú mismo creaste, Señor, pero nunca debiste concebir ni cebar a unos cebollinos descerebrados de Villacebada tan lloricas como nosotros, los hijos: el pobre y gemebundo Bull, un niño cuando se siente mal; yo, que también lloro; y Tristeza, que nunca se permitirá llorar...

Oh, ¿qué maciza maza maznó, machacó y machamartilló con fuerza rabiosa para hacer de este mundo un charco de grasa?

Porque Tristeza necesita mi ayuda pero no la aceptará y yo no se la ofreceré... sin embargo, suponiendo que todo el mundo se dedicara todo el santo día a ayudar a los demás, por un sueño, una visión o la libertad de la eternidad, ¿no sería el mundo un jardín? Un bosque de Arden,[1] lleno de enamorados y patanes en las nubes, jóvenes borra-

---

1. Huelga decir que se refiere al bosque de *As You Like It* de Shakespeare. Se aprovecha esta nota para señalar que en estas páginas y las precedentes hay aliteraciones, rimas y juegos de palabras no siempre reproducibles en la traducción. *(N. del T.)*

chos que sueñan y fanfarronean en las nubes, dioses... Sin embargo, ¿se pelearían los dioses? Dedicados a sí mismos, los dioses no pelean y ¡bang! La señorita Somnífero abriría sus rosados labios y besaría al Mundo todo el día, y los hombres se dormirían. Y no habría hombres ni mujeres, solo un sexo, el sexo original del espíritu. Pero ese día está tan cerca que llegaría con solo chascar los dedos, ¿qué importa, pues? A propósito de este pequeño y reciente acontecimiento llamado mundo.

—Amo a Tristeza —tengo no obstante la audacia de quedarme y decírselo a los dos—, podría decirle a las vecinas que amo a Tristeza, puedo decirles que está enferma. Necesita ayuda. Puede dormir en mi habitación esta noche.

Bull está alarmado, su boca se abre. Oh, vieja envoltura, ¡él la ama! Habría que haber visto a la muchacha arreglando la habitación mientras él está sentado y prepara la droga con una hoja de afeitar, o se limita a decir: «Mmmmmm», un gruñido largo y gutural que no es gruñido, sino mensaje y canción, y ahora empiezo a darme cuenta de que Tristeza quiere que Bull sea su marido.

—Yo quería que Tristeza fuera mi tercera esposa —digo más tarde—. No he venido a México para que las hermanas mayores me digan lo que debo hacer, ¿verdad? ¡Chutarme delante mismo de las autoridades! Escuchad, Bull y Tristeza: si a Tristeza le da igual, a mí también me da igual. –En este punto la muchacha me mira con sus redondos e indiferentes ojos de sorpresa no sorprendida–. Dadme un chute de morfina para poder pensar como vosotros.

Me lo dan inmediatamente, más tarde, en la habitación, cuando ya he vuelto a beber mezcal.

–O todo o nada –digo a Bull, que lo repite–. No soy una puta –añado. Y además quiero decir: «Tristeza no es una puta», pero no quiero sacar a colación el tema. En el ínterin, la muchacha cambia totalmente tras el chute, se siente mejor, se peina la hermosa y brillante cabellera negra, se lava la sangre, se lava la cara y las manos en una palangana jabonosa como Long Jim Beaver allá en su campamento de las Cascadas, shuuush. Se frota las orejas con el jabón, en el que hunde las yemas de los dedos, hace ruidos blandos, bah, y chapotea, Charley no tenía barba la noche anterior. Vuelve a cubrirse la cabeza con la ya cepillada mantilla y vuelve para regalarnos, en la habitación iluminada por la bombilla del techo, con una encantadora belleza española que tiene una ligera cicatriz en la frente. El color de su tez es moreno (ella se llama negra: «¿Tan negra como yo?»), pero su piel cambia con la luz que le da en la cara y a veces es de un moreno oscuro, casi de un negro azulado (hermoso) con las mejillas brillantemente perfiladas, la boca ancha y triste y el bulto de la nariz que es como las indias en la mañana de Nogales en una alta y árida colina, mujeres de guitarras variopintas. El detalle castellano, aunque podría ser solo castellano a la medida de Zacatecas. Vuelve, limpia ya, y me doy cuenta de que no tiene cuerpo en absoluto, está totalmente perdido en un corto y pequeño vestido, y entonces recuerdo que no come nunca, «su cuerpo (me digo) debe de ser hermoso», «hermosa criaturita».

Pero entonces me explica Bull:

—No quiere amor. Pon a Grace Kelly en esta silla y morfina adulterada en esa otra, Jack. Yo me quedo con la morfina. No me quedo con Grace Kelly.

—Sí —conviene Tristeza—. Y yo. Yo no quiero amor.

No digo nada sobre el amor, tampoco me pongo a cantar: «El amor dura siempre, es la feria de abril en la que los amantes lo buscan todo», tampoco canto: «Abrazable tú», como Frank Sinatra, ni aquello de Vic Damone: «Emoción suprema, el tacto de tu mano en mi frente, la expresión que veo en tus ojos», joder, no, no estoy de acuerdo ni en desacuerdo con este par de ladrones del amor, que se casen y se metan debajo, debajo de las sábanas, que se vayan en barco a Roma, a Gallo, a donde sea, no soy yo quien va a casarse con Tristeza, Bull sí. La muchacha trastea sin parar alrededor de él, qué extraño mientras estoy tendido en la cama colocado con la droga ella se acerca y limpia la cabecera con los muslos prácticamente en mi cara y los observo atentamente y el viejo Bull mira a un lado por encima de las gafas. Min y Bill y Mamie y Ike y Maroney Maroney Izzy y Bizzy y Dizzy y Bessy Cáeteme-más-cerca Martarky y Bee. Ay, joder, sus nombres, sus nombres, quiero sus nombres, Amie y Bill, no Amos y Andy, abren al alcalde (mi padre no los quería), abren el azafrán el cormorán en el armario (este relapsus freudiano de la mente) (oh lapsus catarsus) (cataplín cataplum), este viejo que siempre está... ¡Molly! Fibber M'Gee sean Jesús y Molly. Bull y Tristeza sentados allí en la casa toda la noche, quejándose encima de las hojas de afeitar, la blanca droga, los trozos de espejo roto que vienen a ser como bandejas (la aguda droga diamantina que corta el vidrio). Serenos atardeceres en casa. Clark Gable y Mona Lisa.

Sin embargo.

–Oye, Tristeza, yo vivo contigo y Bull paga –digo finalmente.

–Me da igual –volviéndose hacia mí en el taburete–. Por mí de acuerdo.

–¿Pagarás al menos la mitad de su alquiler? –me pregunta Bull, anotando en su cuaderno cantidades que actualiza continuamente–. ¿Qué dices? ¿Sí o no? Podrás ir a verla siempre que quieras –añade.

–No, yo quisiera vivir con ella.

–Pues eso no puede ser. No tienes suficiente dinero.

Pero Tristeza sigue mirándome y yo sigo mirándola, y de repente nos enamoramos mientras Bull sigue dándole a la lengua, y yo admiro sin tapujos a la muchacha y ella resplandece sin tapujos. La había abordado en un momento anterior, cuando me dijo: «¿Recuerdas todo lo de la otra noche?» «Sí. En la calle, cuando me besaste.» Y le enseñé cómo me había besado.

Con aquel ligero roce de labios contra labios, con aquel ligerísimo beso que era una insinuación de beso, con aquello había resplandecido. Pero le daba igual.

No tenía dinero para volver a su casa en taxi, no pasaba ya ningún autobús, ninguno de nosotros tenía dinero (solo podíamos conseguirlo en el banco de sangre) (dinero en el banco de cieno, Charley).

–Sí, iré andando.

–Cuatro, cinco kilómetros –digo y recordaba aquella larga caminata bajo la lluvia–. Puedes subir –añado, señalando mi habitación de la azotea–. No te molestaré.

«No la molestaré», pero dejaría que ella me

molestara a mí.[1] El Viejo Bull mira por encima de sus gafas y del periódico, lo he fastidiado todo otra vez con lo de la madre, Edipo Rey, me sacaré los ojos por la mañana. En San Francisco, Nueva York, Padici, Medu, Mantua o cualquier otro sitio siempre soy el Rey tontaina que ha de representar el papel de hijo en las relaciones de hombre y mujer, Aaaahyaaa (grito nocturno de los indios ante la dulce música rural). Rey sin ley, siempre estoy entre papá y mamá. ¿Cuándo seré papá?

«No te molestaré» y a Bull, mi padre, le dije también:

–Tendría que ser un yonqui para vivir con Tristeza y no quiero ser un yonqui.

–Nadie conoce a los yonquis como otro yonqui. –Tragué saliva al oír aquella verdad–. Además, Tristeza es una yonqui terminal, como yo. No es una novata en cuestión de drogas. Los yonquis son personas muy extrañas.

1. En el original aparecen el verbo español «molestar» y los verbos ingleses «bother» y «molest», pero este último no significa «molestar», sino acosar con intención agresiva o sexual. De ahí el último comentario del narrador. Más abajo se habla de «Padici» y «Medu» como si fueran lugares, pero no está claro cuáles son. (N. del T.)

Entonces se pone a contar una larga historia sobre las personas extrañas que ha conocido, en la Isla Rikers, en Lexington, en Nueva York, en Panamá, en Ciudad de México, en Annapolis. Para complementar su extraña historia, que incluía sueños opiáceos con extraños graderíos en los que se hacía fumar opio a las mujeres mediante tubos azules y episodios igual de extraños como todos los inocentes pasos en falso que había dado, aunque siempre con la malvada codicia por delante, dijo que había vomitado en Annapolis después de una juerga, en las duchas, y para que sus superiores no se dieran cuenta, quiso limpiar la vomitona con agua caliente, con el resultado de que el olor impregnó «todo Bradley Hall» y en el periódico de los suboficiales de la Marina apareció un bonito poema sobre el asunto. Siguió contando largas anécdotas, pero ella estaba allí y con ella solo hablaba de drogas en español infantil, por ejemplo: «Mañana no irás, no tener buen aspecto.»

—Sí, me lavo la cara.

—No buen aspecto. Te miran y saben que tomas demasiados secanoles.

—Iré.

—Te limpio la chaqueta. —Bull se levanta y la ayuda a limpiar sus pertenencias. A mí me dice—: Son pintores y escritores, no les gusta trabajar. No creen en el trabajo.

(Como el año anterior, mientras Tristeza, Cruz y yo charlábamos alegremente con la jovialidad que yo tenía el año anterior, en la habitación, él daba golpes con una estatuilla maya de piedra, del tamaño de un puño, tratando de arreglar la puerta que había roto la noche anterior porque había tomado demasiados somníferos, había salido de su habitación y echado el candado, y se había dejado la llave dentro, y él en pijama a la una de la madrugada), jo, me estoy poniendo chismoso, (así que me había gritado: «Ayúdame a arreglar esta puerta, no puedo yo solo.», «Sí puedes, yo estoy hablando.» «Vosotros los artistas sois más vagos que una estera.»).

Para demostrar que no lo soy, me levanto muy despacio, mareado por la inyección de la droga que aman los dos, recojo un poco de agua en la lata para calentarla en la lámpara invertida, con el fin de que Tristeza tenga agua caliente para lavarse las heridas, pero alargo la lata a Bull porque soy incapaz de apoyarla en los delgados cables sin que se vuelque y en cualquier caso él es el viejo maestro el Viejo Brujo el Viejo Hechicero Medicina del Agua que sabe hacerlo y no me dejará intentarlo. Vuelvo a la cama postrado y también prostático, pues la morfina se lleva toda la sexualidad de las partes y las deja en otro sitio, en las tripas. Hay personas que son todo tripa y nada de corazón. Yo voy a corazones, tú te picas con picas, tú bebes tréboles, tú atacas con naranjas, yo voy a corazones y divago. Dos. Tres. Diez billones de millones de estrellas de polvo mareante fermiagitándose en el alto Eje de Distribución del azul, apóyate, yo no ahogo a los amigos en aceite, se me revolverían las tripas. No tengo corazón para eso. Pero la sexualidad, cuando la morfina te entra en la sangre, y se distribuye lentamente, caliente, y se te sube a la cabeza, la sexualidad se retira a las tripas, casi todos los yonquis están flacos, Bull y Tristeza son sacos de huesos...

Pero Ah, la gracia de ciertos huesos rodeados de algunos jirones de carne, como en el caso de Tristeza, que se convierten en mujer. Y el Viejo Bull, a pesar de su delgado y falcónido cuerpo de nadie, tiene un pelo gris liso y brillante, sus mejillas son juveniles y a veces parece decididamente guapo, y de hecho Tristeza había decidido copular por fin una noche y él estaba allí y los dos se ayuntaron, bueno. Yo también quise un poco de aquello, pues Bull no estaba ya para aquellos trotes salvo una vez cada veinte años, más o menos...

Pero no, ya es suficiente, no hace falta saber más, Min y Molly y Bill y Gregory Pegory Fibber McGoy, oy, acabaría dejándolos y seguiría mi camino.

—Encontradme una Mimí en París, una Nicole, una Pura y Pulida Pupila de Tathágata.

Como poemas leídos por viejos italianos de Sudamérica, palmera barro, llanura, quién quiere volver a Palabbrio, reggi, y vagabundear por el bulevar de niñas que pasean tocando la campana del barco y tomar un aperitivo con el café, caricatos en la calle de las cartas. Oh, cine. Una película hecha por Dios para que lo veamos a él, a él, y él a nosotros, él que es nosotros, pues ¿cómo podría haber dos y no uno? Que me echen el Domingo de Ramos, Obispo San José...

Encenderé velas a la Virgen, pintaré a la Virgen y tomaré helado, pan y anfetaminas. «Droga y tocino», como dijo el *bhikku* Bubú. Me iré al sur de Sicilia en verano y pintaré recuerdos de Arlés. Compraré un piano y que me echen a Mozart. Escribiré historias largas y tristes sobre personas en la leyenda de mi vida. Este es mi papel en la película, veamos el vuestro.

ÍNDICE

Impreso en Talleres Gráficos
LIBERDÚPLEX, S. L. U.,
ctra. BV 2249, km 7,4 - Polígono Torrentfondo
08791 Sant Llorenç d'Hortons